徳間文庫

禁裏付雅帳三

崩落

上田秀人

徳間書店

目次

第一章　起死回生　9
第二章　京の目付　78
第三章　江戸の手　143
第四章　討手の理　212
第五章　混乱の都　277

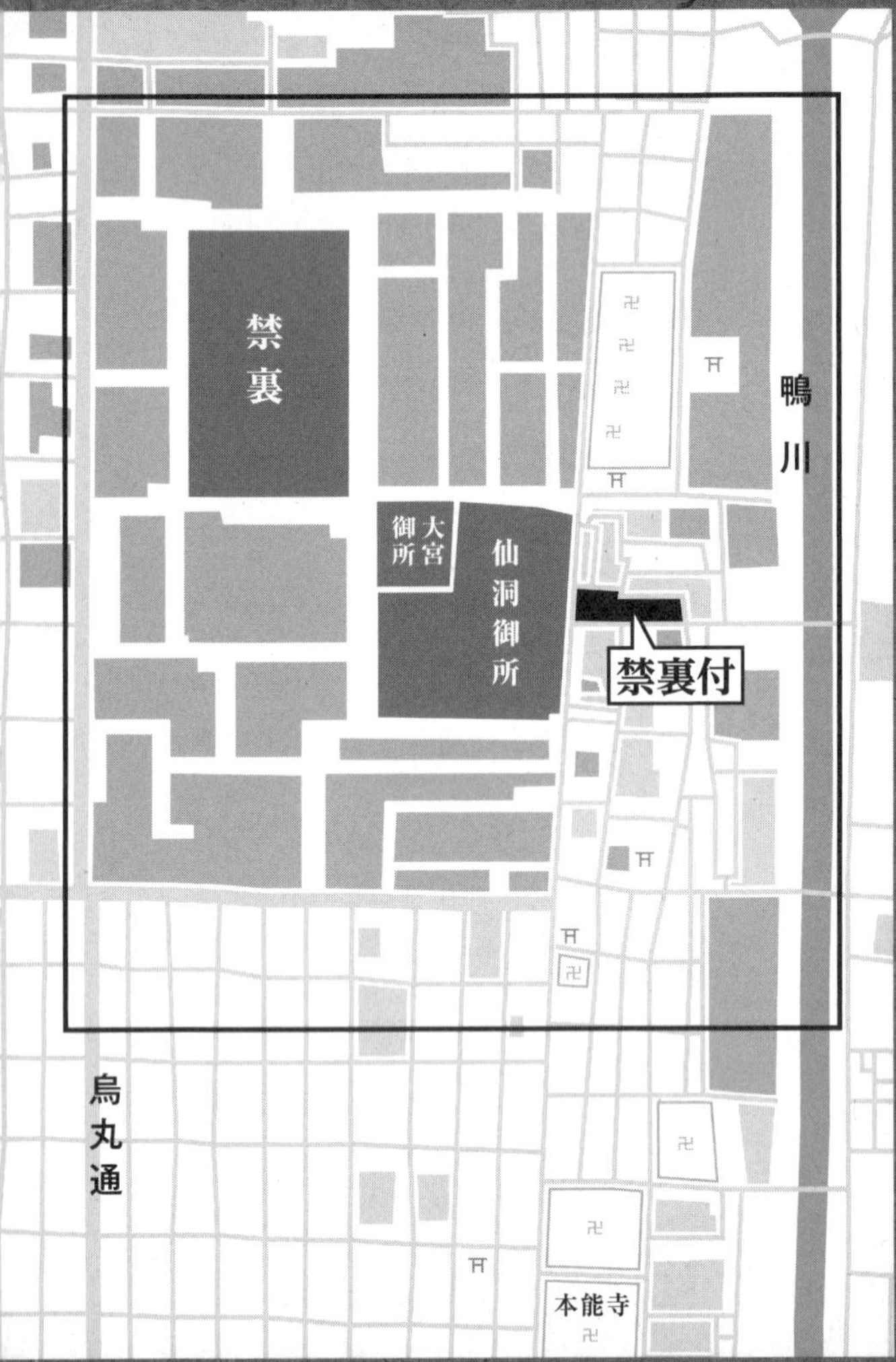
禁裏
大宮御所
仙洞御所
禁裏付
鴨川
烏丸通
本能寺

天明 洛中地図

天明　禁裏近郊図

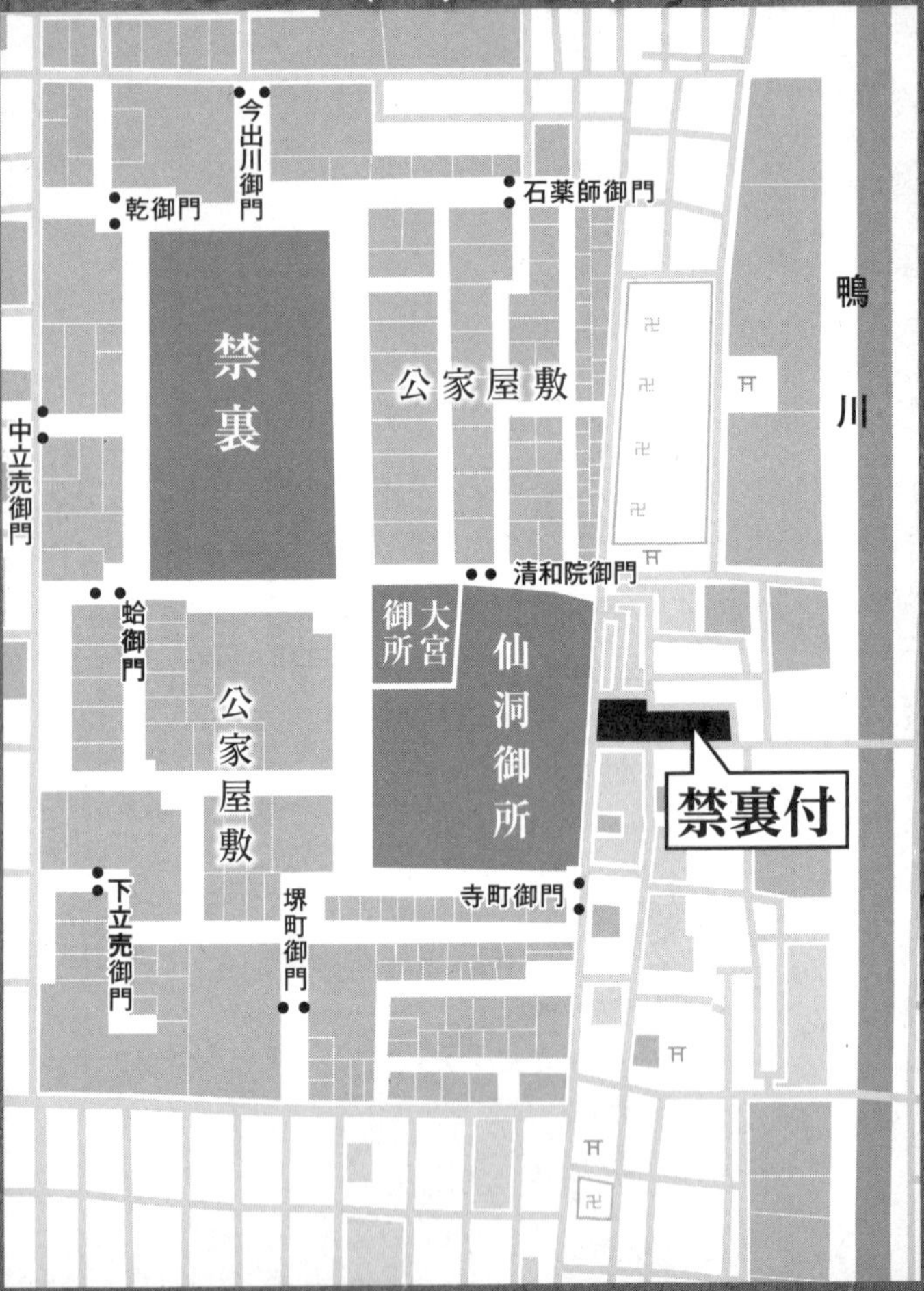
今出川御門
乾御門
石薬師御門
禁裏
公家屋敷
鴨川
中立売御門
清和院御門
蛤御門
大宮御所
仙洞御所
公家屋敷
禁裏付
寺町御門
下立売御門
堺町御門

禁裏（きんり）

天皇常住の所。皇居、皇宮、宮中、御所などともいう。十一代将軍家斉《いえなり》の時代では、百十九代光格《こうかく》天皇、百二十代仁孝《にんこう》天皇が居住した。周囲には公家屋敷が立ち並ぶ。「禁裏」とは、みだりにその裡に入ることを禁ずるの意から。

禁裏付（きんりづき）

禁裏御所の警衛や、公家衆の素行を調査、監察する江戸幕府の役職。老中の支配を受け、禁裏そばの役屋敷に居住。定員二名。禁裏に毎日参内して用部屋に詰め、職務に当たった。禁裏で異変があれば所司代に報告し、また公家衆の行状を監督する責任を持つ。朝廷内部で起こった事件の捜査も重要な務めであった。

京都所司代（きょうとしょしだい）

江戸幕府が京都に設けた出向機関の長官であり、京都および西国支配の中枢となる重職。定員一名。朝廷、公家、寺社に関する庶務、京都および西国諸国の司法、民政の担当を務めた。また辞任後は老中、西丸老中に昇格するのが通例であった。

主な登場人物

東城鷹矢《とうじょうたかや》　五百石の東城家当主。松平定信から直々に禁裏付を任じられる。
温子《あつこ》　下級公家である南條弾正大忠の次女。
徳川家斉《とくがわいえなり》　徳川幕府第十一代将軍。実父・治済の大御所称号勅許を求める。
一橋治済《ひとつばしはるさだ》　将軍家斉の父。御三卿のひとつである一橋徳川家の当主。
松平定信《まつだいらさだのぶ》　老中首座。越中守。幕閣で圧倒的権力を誇り、実質的に政《まつりごと》を司る。
安藤信成《あんどうのぶなり》　若年寄。対馬守。松平定信の股肱《ここう》の臣。鷹矢の直属上司でもある。
弓江《ゆみえ》　安藤信成の配下・布施孫左衛門の娘。
戸田忠寛《とだただとお》　京都所司代。因幡守。老中昇格を目前に冷遇し続ける松平定信を敵視する。
佐々木伝蔵《ささきでんぞう》　戸田忠寛の用人。
池田長恵《いけだながよし》　京都東町奉行。筑後守。京都所司代を監視する。
光格天皇《こうかくてんのう》　今上帝。第百十九代。実父・閑院宮典仁親王への太政天皇号を求める。
土岐《とき》　駆仕丁。元閑院宮家仕丁。光格天皇の子供時代から仕える。
近衛経熙《このえつねひろ》　右大臣。五摂家のひとつである近衛家の当主。徳川家と親密な関係にある。
二条治孝《にじょうはるたか》　大納言。五摂家のひとつである二条家の当主。妻は水戸徳川家の嘉姫《よしひめ》。
広橋前基《ひろはしさきもと》　中納言。武家伝奏《ぶけてんそう》の家柄でもある広橋家の当主。

第一章　起死回生

一

禁裏付《きんりづき》に就任してまだ一カ月ほど、東城鷹矢《とうじょうたかや》は未《いま》だなにをどうすればいいかよくわかっていなかった。

「ええかげんにしいや」

いつものように禁裏にあがった東城鷹矢を、武家伝奏広橋中納言前基《ぶけてんそうひろはしちゅうなごんさきもと》が待ち受けていた。

「これは中納言さま、なにかお怒りのようでございまするが」

いきなり怒鳴りつけられた鷹矢が、驚きながら問うた。

武家伝奏は、朝廷と幕府の間をつなぐ役目である。幕府からの求めを朝廷に、天皇の意向を幕府に伝える。公家《くげ》としての地位はそれほど高くはないが、言うままに動かそうと考える幕府からの援助や、京都所司代からの表に出ない扶助を受けられるため、かなり裕福であった。

「なにがやないわい。まったく、東国の田舎者はこれやさかい、かなんわ。幕府もなにを考えて、こんなんを禁裏付にしたんやろ」

無礼と咎《とが》められても文句の言えない言葉を吐いて広橋中納言が大仰に嘆いた。

「…………」

幕府の格としては武家伝奏より、禁裏付が上になる。しかし、従五位下典膳正《てんぜんのしょう》でしかない鷹矢よりも三位中納言である広橋が朝廷では偉い。

禁裏付としてなにかを指示するならば、鷹矢から声を掛けられるが、そうでないときは、相手が話すまで待たなければならなかった。怒りの理由を訊《き》くことはできなかった。

「まあ、どうせ白河《しらかわ》あたりの考えやろけど」

じっと広橋中納言が鷹矢を見つめた。

白河とは奥州白河を居城とする松平越中守《まつだいらえっちゅうのかみ》定信のことだ。

「……………」

的確な推測に、鷹矢はなにもいえなかった。

鷹矢は老中筆頭松平越中守定信の密命を受けて、お使番から諸国巡検使を経て、禁裏付へと任じられた。

鷹矢の真の役目は、朝廷の弱みを握ることであった。朝廷の弱みを利用して、松平定信は十一代将軍家斉《いえなり》の実父一橋民部卿治済《ひとつばしみんぶきょうはるさだ》に大御所の称号を下賜させたいのである。

「躬《み》の父に将軍の名誉を」

十代将軍家治《いえはる》に跡継ぎがいなくなったことを受けて十一代将軍となった家斉は、御三卿の当主だった父を追いこしてしまったことを気にしていた。

その罪悪感を少しでも薄くするため、家斉は治済に前将軍の称号である大御所を与えようとしていた。

とはいえ、大御所の称号は前将軍、あるいは元将軍にしか許されなかった。

御三卿の当主でしかない治済に、大御所を名乗る権利はない。将軍でも、いや将軍なればこそ、幕府、天下の理《ことわり》、法を恣意《しい》で枉《ま》げるわけにはいかない。

「勅意ならば……」

すべてを超越する天皇の意思、それが出されれば誰も逆らうことはできない。どれだけ理不尽なことであろうとも、勅意さえあればとおるのだ。

そのために鷹矢は都へ送りこまれた。

禁裏付には、朝廷内の内証である口向《くちむき》の支配、罪人の探索捕縛の権が与えられている。

金の流れと人の動きを禁裏付は押さえる。まさに、松平定信の策謀にうってつけの役目であった。

「黙ってんとなんか言いや」

広橋中納言が鷹矢を叱《しか》った。

「と仰《おお》せられましても、なににお怒りかを教えていただきませぬと、お詫《わ》びのしようもございませぬ」

鷹矢が根本を尋ねた。

「そこからかいな」

広橋中納言が嘆息した。

「しゃあないな。教えたるわ。よう聞きや」

「お願いをいたしまする」

鷹矢は姿勢を正した。

「そちは格というものをどないい考えているんや」

「格でございますか」

わからないと鷹矢は首をかしげた。

「わからへんか。ほな、言い直すわ。格式や」

「禁裏付の格式のことで」

「そうや。禁裏付の格式や」

確認した鷹矢に、広橋中納言が首肯《しゅこう》した。

「そもそも、そちは禁裏付がなんであるかを考えたことあるんか」

広橋中納言が訊いた。

「禁裏付は朝廷の安寧を維持するために……」

「阿呆《あほう》」

正論を答えかけた鷹矢を広橋中納言が罵倒した。

「そんなんやったら、いらんわ。朝廷にかて勘定をする蔵人《くろうど》、非違を監察する弾正、検非違使《けびいし》はある。今さら、幕府から人手は借りへん。朝廷が何千年続いてると思うてるねん。武家が台頭するはるか前から、朝廷は秩序を司《つかさど》ってるんやで」

「はい……」

言い負かされた鷹矢がうなだれた。

「禁裏付は、幕府の権威を都に見せつけるためにあるんや」

「都……」

「洛中と……」

まだ理解していないといった顔の鷹矢に、広橋中納言がわざと間を置いた。

「禁裏や」

「……禁裏」

禁裏に属する公家である広橋中納言の言葉に、鷹矢は息を呑んだ。

「そうや。武家の威を見せることで、天下を静謐《せいひつ》に保つ。それが禁裏付の役目じゃ」

「それはわかりまするが……」

「格式とどう繋《つな》がるかわからへんのか。それでよう禁裏付になったなあ」

「恥ずかしい仕儀ながら」

あきれる広橋中納言に、鷹矢はより頭《こうべ》を垂れた。

「……意味わからんわ」

広橋中納言がぽつりと呟《つぶや》いた。

「なんでこんな政《まつりごと》の機微もわからんような若いのを越中守は選んだんやろ」

「なにか……」

首をひねる広橋中納言を鷹矢は見上げた。

「まあ、ええ。こっちの話や。で、格式の話やけどな」

ごまかした広橋中納言が続けた。

「幕府の力と権威を見せつけて、天下の権をどうこうしようと考える気も起こさせへんようにするのが、禁裏付の仕事や」

「力と権威」

鷹矢が繰り返した。

「そうや。今日、どうやって禁裏まで来た」

広橋中納言が質問した。

「供を一人連れまして……」

さすがに主人が昼の弁当を持って移動するわけにはいかない。小者に持たせなければならなかった。

「それじゃ」

答えた鷹矢に、広橋中納言が厳しい声を出した。

「禁裏付は、幕府の権威じゃ。それが一人で供だけ連れてなんぞ、どうすんねん」

「そういえば、同役の黒田伊勢守《くろだいせのかみ》どのは行列を控えさせておられました」

一度鷹矢はもう一人の禁裏付に夕餉《ゆうげ》に誘われたことがあった。そのとき黒田伊勢守は供の行列を後から追わせ、鷹矢と家士の一部だけで先行していた。

「禁裏付は、将軍から許された槍《やり》を立て、駕籠《かご》に乗って禁裏へあがるのが決まりや。徒《かち》で来るなんぞ、初物じゃ」

「それは……」

供の手配が遅れているのは鷹矢の怠慢といえた。もともと五百石取りで、それほど多くの家臣を抱えてはいない。慶安のころ幕府が定めた軍役はあるが、すでに天下泰平になって長く、どこの旗本も内証が苦しい。余分な人手を抱えるだけの余裕はなく、京へ割けるほどの家臣はいない。また、禁裏付への異動が急なこともあり、十分な手配りができないままでの京《みやこ》入りとなったことも原因していた。

「しやから、誰も禁裏付やと思ってへん。お陰で気づかれてないからまだましやが……」

最後を広橋中納言が濁らせた。

「はあ」

禁裏付と思われていないと言われて、鷹矢はなんともいえない顔をした。

「昼餉もいただいてへんやろ」

「弁当を持参しておりまするが」

鷹矢は後に置いている弁当を見た。

「どうしようもないなあ」

広橋中納言が天を仰いだ。

「そんなんやから、仕丁《しちょう》に舐《な》められるんや。ええか、禁裏付には、毎日主上から中食が下賜される」

「えっ……」

鷹矢が目を大きく見開いた。

「二汁五菜の平付膳や。主上から二汁五菜の膳がでるのは、摂家《せっけ》、大臣、親王だけや。麿《まろ》なんぞ、一汁三菜じゃ」

腹立たしげに広橋中納言が言った。

「そのような饗応を受けた覚えはございませぬ」

「当たり前じゃ。なにせ、行列をしたてこない禁裏付なんぞおらんからな。中詰《ちゅうづめ》の仕丁たちは、そなたが禁裏付やと知らん。どころか、新しい禁裏付が赴任してきたこともな」

「そんなわけはございませぬ。中納言さまのご案内で禁裏のなかを……」

「麿は、そなたの案内はしたが、紹介をしてへん」

鷹矢の抗弁を広橋中納言があっさりと崩した。

「そなたも着任を届けてへんやろ」

「着任はすでに所司代どのに」

咎められた鷹矢が広橋中納言に反論した。

「なら所司代どのが忘れておるのか、それとも……」

最後まで言わず、広橋中納言が鷹矢を見た。

「京都所司代戸田《とだ》因幡守《いなばのかみ》は、田沼《たぬま》主殿頭《とのものかみ》の残党やで」

江戸で松平定信から警告されたことを鷹矢は思い出した。

「……しかし、禁裏付与力《よりき》、同心《どうしん》たちは……」

禁裏付の与力、同心とは毎日顔を合わせている。赴任を認めていないならば、武家玄関をあがることさえできない。

「そんなもん、本人目の前にしてできるかいな。下僚たちは、上司の気分だけで首が飛ぶんやで」

広橋中納言が鼻先で笑った。

「…………」

「そなたは禁裏付や。配下の与力、同心に気を使わす立場ぞ。しかし、中詰の仕丁は朝廷の臣や。仕丁といえども中詰くらいになると、従六位くらいはあたりまえに持っとるでな。幕府の禁裏付やいうても手出しはしにくいやろ。ようは、正式な届けがでるか、それともあからさまにいるとわからんかぎりは、無視してもええんや」

「なぜにそのような……」

　鷹矢が驚いた。

「一人分の中食が浮くやろう。朝廷の内証には禁裏付のお茶、煙草、中食がきっちり組みこまれてるねん。禁裏付が来ようが来まいが、毎日相伴の中詰のぶんと合わせて四人前二汁五菜が作られる。そなたが喰わなんだら、別の仕丁の腹がくちる。一人どころか二人はいけるやろな。ありがたいことや」

「なんという……」

　今度は鷹矢があきれた。

「それが公家や」

「えっ」

　あまりの答えに、鷹矢は絶句した。

「公家はそういうもんや。何千年と同《おんな》じことを繰り返してきたんやで。今さら変わるかいな」

　広橋中納言が嘯《うそぶ》いた。

「わかったなら、さっさと所司代に行って届けを出させるか、行列を仕立てえや。まったく、このままやったら、麿が笑われる。禁裏付一人教育でけへんのかってな」

言うだけ言うと広橋中納言が日記部屋を出ていった。

「…………」

鷹矢は呆然《ぼうぜん》と見送るしかなかった。

二

石州浜田《はまだ》六万四百石松平周防守康福《すおうのかみやすよし》は、田沼主殿頭意次の盟友であった。娘を田沼主殿頭の息子に嫁がせ、己も老中として力を振るった。しかし、田沼主殿頭が十代将軍家治の死を受けて失脚したのに連座し、老中を罷免《ひめん》された。

「決してご一門は、執政になられてはなりませぬ」

最後まで松平定信の老中就任に反対したことで、松平周防守は現在冷遇されている。

「隠居をいたしたく」

松平周防守は、松平定信の報復を怖《おそ》れ、表舞台から身を退《ひ》こうとした。

「手伝え。越中守を失脚させ、今一度執政に返り咲く」

それが同じく田沼主殿頭の引きで老中になり、松平定信によって罷免された駿河《するが》沼津三万石水野《みずの》出羽守《でわのかみ》忠友《ただとも》の策によって邪魔された。

松平周防守の出した隠居届けを、水野出羽守が奥右筆《おくゆうひつ》を抱き込んで止めたのだ。

「隠居したければ……」

水野出羽守は松平定信の足を引っ張るために松平周防守の力を欲した。

「一橋治済さまの大御所称号認可がならねば、越中守は上様のご機嫌を損ね、老中を辞めさせられる。松平定信の手兵である禁裏付を討ち、後釜《あとがま》にこちらの息がかかった者を入れる。京都所司代戸田因幡守も我らと同じ田沼主殿頭さまの引きじゃ。かならずや力になってくれよう。費用はこちらが持つ。代わりに人を出せ」

「やむを得ぬ」

策にはめられたのもあるが、無慈悲に罷免された恨みもある。松平周防守は水野出羽守の誘いに乗った。

「手は貸さぬが、見逃そう」

そして戸田因幡守も同意した。

七人の松平周防守の家臣が、国元へ帰る振りをして刺客となり、京に忍んでいた。

「おい、出てきたぞ」

刺客の一人が、禁裏を出た鷹矢の姿を確認した。

「まちがいないな。禁裏付だ」

同行していたもう一人の見張りの藩士もうなずいた。

「よし、小田《おだ》どのへ報《しら》せ……」

「待て」

走り出そうとした最初の藩士を、もう一人が止めた。

「なんだ、河野《かわの》氏」

「見ろ、禁裏付を。逆に向かっているぞ」

河野と呼ばれたもう一人の藩士が指さした。

「そんな馬鹿な。いつもこちらに来て、あの角を右へ曲がり禁裏付役屋敷へ向かうというに」

最初の藩士も驚いた。

「これでは待ち伏せが無駄になる。小田どのに報告を。川原田《かわらだ》氏、禁裏付の後を付けてくれ」

河野が言って、駆けだした。

「急いでくれ」

最初の藩士が河野の後姿に声をかけた。

禁裏の南筋を東へ向かって仙洞御所《せんとうごしょ》を過ぎた角を南へ曲がれば、禁裏付役屋敷まではすぐである。七人は、供行列を仕立てない鷹矢を襲うのに、援軍が出てくるかも知れない役屋敷近くではなく、仙洞御所の前で襲撃を計画していた。

「小田どの」

仙洞御所の向かいにある路地に潜んでいる一行のもとへ河野が走りこんできた。

「慌ただしい。気づかれるではないか」

一行を指揮する小田五郎兵衛《ごろうべえ》が河野を叱った。

「それどころではございませぬ。禁裏付が……」

河野が説明した。

「なんだと」

「そんな」

待ち伏せをしていた五人が顔色を変えた。

「川原田に追わせておりまする」

「行くぞ」

あわてて藩士たちが出ようとした。

「落ち着け」

小田が鋭い語気で制した。

「なぜでござる。追わねばどこへ行かれるか」

添え役である笹山《ささやま》が小田に迫った。

「身形《みなり》を見ろ。たすきがけをして、袴《はかま》の股立《ももだ》ちを取っているのだ。そんな連中が禁裏近くを血相を変えて走ってみろ。たちまち町奉行所に報されるわ」

小田が笹山の身体《からだ》を上下に見た。

「あっ」

笹山が息を呑んだ。

「袴を下ろし、たすきがけを外せ」

「承知」

「おう」

小田の指示に刺客たちが応じた。

「焦るだろうが、走るな。早歩きていどで抑えろ。目立ってはまずい。ことをなしたあと国元へ逃げるのだ。見咎められるわけにはいかぬ」

「はい」

密かに終わらせなければならぬと小田が強調した。

「誰一人死ぬわけにもいかぬ。捕まることも許されぬ。主家の名前を出すことはできぬのだぞ」

「…………」

たしなめられた笹山がうつむいた。

「よし、参るぞ。どこへ行こうとも、ここへ戻ってくるのだ」

「おう」

小田の号令で、一同が辻《つじ》を出て、鷹矢の後を追った。

鷹矢は禁裏を出て西へ進み、烏丸《からすま》通りを南下して丸太町通りにぶつかったところで左へ曲がった。

「どこへ向かっている」

後を気にしながら、鷹矢の後を付けている川原田が首をかしげた。

「くそっ。まだ来ぬのか。曲がってしまえば、拙者の姿も追えまい」

未だ姿の見えない小田たちを気にした川原田が舌打ちした。

「やむを得ぬ。ここで待つ」

川原田が足を止めた。

「……まだあやつの背中は見えるが……一同はなにをしている」

川原田が苛立った。

「来たっ」

烏丸通りに六人の武家が見えた。

「こっちだ」

大声をあげて鷹矢に気づかれるわけにはいかない。川原田が手を振った。

「……あそこだ」

先頭を進んでいた笹山が、川原田を見つけた。

「おい、あそこは」

小田が渋い顔をした。

「京都所司代屋敷の北面にある丸太町通りでござる」

河野が答えた。なにせ、一同は京に入ってから、所司代下屋敷の長屋に滞在していたのだ。その位置関係はよくわかっていた。

「まさか……川原田、行け」

小田が手を振って、鷹矢の行方を追えと合図した。

「……よし」

川原田はしっかりその意を汲《く》んだ。


鷹矢は丸太町通りを西に進んで、京都所司代屋敷を目指した。

「禁裏付の東城典膳正鷹矢である。用人の佐々木《ささき》どのに面会をいたしたい」

所司代屋敷の門番に、鷹矢は用件を告げた。禁裏付とはいえ、許可なく所司代屋敷に足を踏み入れるわけにはいかない。しかも所司代の戸田因幡守は、鷹矢の上司である松平定信の政敵なのだ。本来ならば、咎め立てをするほどでなくとも、どう絡んでくるかわからなかった。

「お待ちを」

門番が慌てて、なかへ入った。

「……どうぞ」

待つほどもなく、門番が戻ってきた。

「ご苦労である」

門番をねぎらって鷹矢は所司代屋敷の門を潜《くぐ》った。

「…………」

それを川原田は見ていた。

「なぜに所司代屋敷へ……」

川原田は混乱していた。

戸田因幡守は川原田の主君である松平周防守と同心である。それは松平定信の走狗《そうく》といえる鷹矢との敵対を意味した。

「……川原田」

「小田どの」

呆然としている川原田のもとに、ようやく仲間が追いついた。

「所司代屋敷に入ったのか」

「さようでござる」

小田の確認に、川原田が首肯した。

「どういたしまするか」

笹山が小田に顔を向けた。

「所司代屋敷ならば、我らの庭も同然。このまま踏みこんで……」

「愚か者」

なかでやってしまおうと口にしかけた笹山を小田が叱った。

「所司代屋敷にいる者すべてが味方ではないぞ。あの門番などは、代々の所司代付同心だ。いずれ江戸へ戻っていく戸田因幡守のために、命がけで従うはずなかろうが」

「門番ごとき、一緒に……」

「……門番一人ですむわけなかろうが。たとえ全部始末できたとして、それが表に漏れぬわけなかろうが。門番の家族はどうする。知人はどうする。帰って来ぬ門番に不審を抱くぞ。まさか、そのすべてを殺せと言うのではなかろうな」

「……それは」

あきれられた笹山が、詰まった。

「所司代どのを巻きこんではならぬ。そのようなまねをしてみろ。こっちが始末されるぞ。所司代屋敷を襲った不逞《ふてい》の輩《やから》としてな」

「そのようなことは……」

小田の話に笹山が首を左右に振った。

「ないと言えるのか。ないならば、我らが京まで出向き、越中守の配下である禁裏付を襲うなどありえまいが。政に携わる方々を甘く見るな。己を守るためならば、我らなどあっさり見捨てられるぞ。田沼主殿頭さまが失脚したときのことを思い出せ。あれだけの権力を誇ったお方でさえ、水に落ちた犬になるのだ」

すでに不惑をこえた小田は、権力の恐ろしさをよく知っていた。

「…………」

一同が声をなくした。

田沼主殿頭意次は、九代将軍家重《いえしげ》、十代将軍家治に仕えて立身を重ねた。とくに家治の寵愛は深く、執政がなにかの決済を求めても「主殿頭に任せよ」と言い、田沼主殿頭の問いには「そうせい」としか答えなかったほどであった。

八代将軍吉宗《よしむね》について紀州から江戸へ出てきた小身の田沼家は、主殿頭の登場で一気に遠州相良《さがら》五万七千石の大名にまでのしあがった。まさに将軍にすべてを一任された田沼主殿頭の権力はすさまじく、出世を求める大名、旗本、幕府出入りとして利を欲しがる商人が毎日行列をなして、その知己を得ようとした。

「人にとって命の次に大事な金を差し出すは、誠意の表れである」

田沼主殿頭は賄賂《わいろ》を闇から表へ出した。

「これを」

小粒金を砂に見立て、珊瑚《さんご》の木々を並べた盆栽を持ちこむ大名や、

「お納めを」

小細工なしに金包みを山のように積んでみせる豪商などが、田沼主殿頭のもとを訪れた。

「近々国替えのお沙汰《さた》がござろう」

盆栽をくれた大名は、表高より実高の多い領地へ移され、

「大奥の呉服、小物一切を取り扱うがよかろう」

金包みを持参した豪商には、大奥の女たちが身を飾るものを任せる。

持って来たもの以上の褒賞を田沼主殿頭は惜しまなかった。

「主殿頭さまに従っていれば、なんとでもなる」

それが益々田沼主殿頭の力を増し、皆が集《つど》った。

田沼主殿頭の勢威はやがて将軍継嗣にも影響を及ぼした。十代将軍家治の嫡子家基《いえもと》の急死で空いた将軍世継ぎの座を田沼主殿頭が決めた。

「余が将軍になれば、主殿頭を排し、金に乱れた世を糺《ただ》す」

そう宣している御三家田安《たやす》の賢丸《まさまる》を、田沼主殿頭は松平とは名ばかりの白河へ養子に出した。

「おのれ、主殿頭。この恨み忘れるものか」

呪詛《じゅそ》の言葉を吐いた賢丸こそ、松平越中守定信である。

「一橋民部卿治済さまのご長子豊千代《とよちよ》さまこそ、ふさわしいかと」

敵の排除を終わらせた田沼主殿頭が、家治に推薦したのはまだ元服さえしていない幼子であった。

「任せる」

一人息子を亡くし気力を失った家治は、あっさりと承服した。

「これで次も安泰じゃ」

己を世継ぎにした田沼主殿頭に、豊千代は刃向かえない。田沼主殿頭の権勢はまだまだ続くと誰もが思った。

敵を除《よ》け、次代の種を植えた。

先を見すえた策が、田沼主殿頭の力を削いだ。

将軍継承権を奪うために、家臣のもとへ養子に出した松平定信が老中になった。将軍一門は執政になれないというくびきから、田沼主殿頭が松平定信を解き放ってしまった。

次に豊千代を十一代将軍の座に就けたことで、その父一橋治済を敵に回した。

「御三卿は将軍の身内である。将軍に人なきとき、当主が本家へ還り、跡を継ぐ」

八代将軍吉宗の決めた将軍継嗣順を飛びこえて、幼い豊千代を選んだことが失策だった。将軍になれるのは御三卿の当主が最優先なのだ。それを傀儡《かいらい》とすべく、幼子を擁した田沼主殿頭に、一橋治済が叛旗《はんき》を翻した。

「主殿頭に遠慮を申しつける」

十代将軍家治が病に倒れるなり、元服して家斉と名乗っていた豊千代が田沼主殿頭を表舞台から放逐した。

その巻き添えで、田沼主殿頭の引きで老中首座を務めていた松平周防守も引退を余儀なくされた。

その恨みが、今京にあった。

「様子を見る」

小田の言いぶんに誰も異議を唱えなかった。

所司代屋敷の客間で戸田因幡守の用人佐々木と鷹矢は正対していた。

「主《あるじ》、多用につき、お目にかかれませぬ。お詫びいたしまする」

佐々木が最初に断りを入れた。千石高の禁裏付とはいえ、旗本である。陪臣《ばいしん》の佐々木よりも格は高い。幕府での序列に差こそあるが、戸田因幡守と鷹矢は将軍の直臣《じきしん》ということで同列になる。訪問を受けたなら、戸田因幡守が応対するべきであった。

「不意の来訪でござる。お気遣いなく」

鷹矢が手を振った。

武家の常識として、訪問はあらかじめ報せなければならない。それを鷹矢は破ったのだ。用人の佐々木に断られても、文句は言えなかった。

「貴殿もお忙しいであろうゆえ、早速に用件へ入らせていただこう」

「畏れ入りまする」

すぐに話をしたいと言った鷹矢に、佐々木が同意した。

「本日武家伝奏の広橋中納言さまより……」

鷹矢が用件を告げた。

「朝廷への連絡……までございましたか。わたくしは指示をいたしたはずでございますが……」

佐々木が首をかしげた。

「広橋中納言さまのお言葉を疑うと」

すっと鷹矢が目を細めた。

鷹矢は若い。まだ経験もさほどではないが、京に来る前、諸国巡検使を命じられたころから、政の裏に触れてきた。どころか命を何度となく狙われたのだ。性根が多少ゆがんできたとしても無理はない。

「そ、そのようなことはございませぬ」

武家伝奏と京都所司代では、所司代が上である。が、広橋中納言から鷹矢を通じて、戸田因幡守が所司代としての任を十全に果たしていないと江戸へ報告をあげられるのはまずかった。田沼の残党と言われている戸田因幡守が、政敵松平定信の糾弾を逃れているのは、遠く離れた京にいるからであり、咎めるだけの材料がないだけである。そこに、この話が持ち出されれば、戸田因幡守は終わる。

「ただちに朝廷へ書面を出しまする」

佐々木が顔色を変えた。

「だけだと……」

鷹矢が佐々木を睨《にら》んだ。

「ほ、他になにが……」

佐々木がとぼけようとした。

「誰も責任を負わぬおつもりか。一月でござるぞ」

手配の遅れを見逃した責任はどうすると鷹矢は問うた。

「…………」

佐々木が黙った。

「…………」

併せて鷹矢も沈黙した。

どちらも口を開かず、ときが流れた。

佐々木が鷹矢の要求に応じられないのは当然であった。なにせ放置していたのは佐々木である。白状すれば、用人を辞して国元へ帰るくらいのことはしなければならなくなる。かといって、その辺の下僚に押しつけるわけにもいかなかった。

「某《なにがし》が忘れておりました」

と鷹矢に言えば、その者を罰しないわけにはいかない。無実の者を国元へ帰すだけならばまだしも、家臣の不始末を認めたとなれば、主君が頭を下げる羽目になる。

佐々木はなんとかして鷹矢をあきらめさせなければならなかった。

「…………」

無言で佐々木は目を逸《そ》らし続けた。

「……いたしかたござらぬな」

鷹矢が腰を上げた。

「明日には朝廷に連絡が行っておりましょうな」

「朝一番に」

確認した鷹矢に、佐々木がうなずいた。

「けっこうでござる」

鷹矢は客間を出ようとした。

「ああ。三日後、因幡守どのにお会いしたい」

「三日後でございまするか」

そう言われて気づかないようでは用人など務まるはずもない。

「さよう。三日後に因幡守どのの会うか会わぬかは……」

鷹矢がじっと佐々木を見つめた。

「三日後は、いささか殿に御用が」

もう少し余裕が欲しいと佐々木が求めた。なにをするにも根回しと下調べは要《い》る。

三日では十分な手配りには足りない。

「ならば飛脚を呼ぶまででござる」

鷹矢が江戸へ顚末《てんまつ》を届けると宣言した。

「……わかりましてございまする」

佐々木が折れた。

「ご無礼しよう」

鷹矢がもう一度会談の終了を告げた。

「お見送りを」

佐々木が後に続いた。

三

武家の珍しい京で、七人もが固まっていると目立つ。

小田は一同を三人と四人に分け、所司代屋敷門を左右に挟むようにして配置していた。

「出てきたぞ」

ずっと門を睨んでいた笹山が鷹矢の姿に気づいた。

「逸《はや》るなよ。所司代の門番から見える範囲を出るまで待て」

小田が抑えた。

「おい、あれは佐々木さまではないか」

　別の藩士が、鷹矢の後に続いた佐々木を指さした。

「まちがいない。佐々木さまだ」

　小田も認めた。

「禁裏付が去っていくぞ。追わねば」

　笹山が焦った。

「佐々木どのが、門のなかへ入られるまで待て」

　もちろん、小田たちが鷹矢を襲うと佐々木はわかっている。だが、小田たちとのかかわりを門番同心などに見せつけるのは悪手であった。

「また見逃すぞ」

　止めようとした小田の手を振り切って、笹山が走り出した。

「あっ。待て」

　小田が思わず大声をあげてしまった。

「なんだ……」

　鷹矢の背中が見えなくなるまで送るのが礼儀である。門前に立っていた佐々木が、小田の声に反応した。

「あれは……周防守さまの家中。そういえば、今夕だと言っていたな」

すぐに佐々木が思い当たった。

「ふむ。今、禁裏付が死ねば、すべては丸く収まるか……」

佐々木が思案した。

「見て見ぬ振りをするのがよさそうだ」

鷹矢の背中に目をやった佐々木が独りごちた。

「…………」

小田のほうへ顔を動かした佐々木が無言でうなずいた。

「どうやら問題はなかったらしい」

佐々木と鷹矢の会談内容を気にしていた小田が安堵《あんど》した。

二人の間で手打ちでもされていたならば、大変であった。それこそ、二階へ昇ってから梯子《はしご》を外されるどころの騒ぎではなかった。

「走るなよ。門番の記憶に残らぬよう、さりげなくだ」

小田がもう一度釘《くぎ》を刺した。

南條弾正大忠《なんじょうだんじょうだいちゅう》の次女温子《あつこ》は、禁裏付役屋敷の前で鷹矢の帰宅を待っていた。

「禁裏付を籠絡《ろうらく》せよ」

二条大納言治孝《にじょうだいなごんはるたか》の命を受けた温子は、身体だけではなく心でも鷹矢を手中にすべく、かいがいしくその世話を焼いていた。

「遅い……」

温子は苛立っていた。

いつもならば、とっくに帰ってきている。禁裏付は、おおむね昼七つ（午後四時ごろ）には、役屋敷に戻る。鷹矢も同役の黒田伊勢守に誘われた日以外は、はかったように同じ刻限に帰ってきていた。

「なにかあったのか」

もともと温子は、その美貌を買われて二条治孝に召し出された。二条治孝の側室であれば、万々歳だったのだが、そうではなく江戸から来た若い禁裏付の正室を狙えと指示を受けた。

公家は武家を乱暴者として嫌っている。その日のおかずにも困るほど貧しい南條家で育ったとはいえ、温子も公家の娘である。金のない公家が娘を武家の妻や商家の妾にしているという噂は知っていたが、己にその不幸が降りかかって来るとは思ってもいなかった。

「さっさと帰って来ればよいものを」

口のなかで温子は鷹矢を罵《ののし》った。

「まだお姿は見えませぬか」

屋敷のなかから東城家の用人である三内《さんない》が顔を出した。

「未だ……」

温子が心配そうに眉《まゆ》をひそめた。

「なにかございましたのでは」

不安そうに温子が三内を見た。

「わたくしが見て参りましょう。南條さまは、こちらでお待ちを」

三内が禁裏へと向かっていった。

「お願いをいたしまする」

温子が頭を下げた。

「……うるさい爺《じじい》や」

憎々しげに温子が三内の背中を睨んだ。

「あのとき邪魔さえされなんだら、とっくにお役目を果たしていたのに」

温子が目を閉じた。

「男なんてな。抱いてしまえば女に情を移すもんや。それより、一回でも情をかわしたら、子ができるかもしれん。そうしたら、男は逃げられなくなるでな」

二条治孝の諸大夫《しょだいぶ》松波雅楽頭《まつなみうたのかみ》資邑《すけむら》が、こう言って温子をけしかけ、応じた温子は鷹矢の閨《ねや》へ入ろうとした。それを三内に止められた。

「殿に害意があるならば、決して許さない」

三内はそう言って温子を退かせた。

「まったく。さっさと帰って来てくれんと……」

文句を口にしかけて、温子は表情を変えた。

「そういえば、誰かに後を付けられていたとか、命を狙われたとか言うて、震えてた」

禁裏から役屋敷までの帰り道で、何者かに見られていたと鷹矢が言っていたのを温子は思い出した。

「まさか……」

温子は顔色を変えた。

「あっちは三内が向かった。もう、角についてる。あそこからやったら禁裏はんまで一目瞭然や。なんかあったら、とうに見えてるはず。足取りが変わってへん。なら、反対側や」

温子は禁裏付役屋敷を飛び出した。

「ここは……なんもない」

禁裏から役屋敷へ向かう帰途となりうる西の辻を確認しながら、温子は南へと進んだ。

仙洞御所の角、そのもう一本南、そして竹屋町通りに到達した温子は、西を見て安堵した。

「まったく……」

西から鷹矢が悠々と歩いてきていた。

「東城さ……」

袖《そで》がめくれないように押さえながら、温子が手を振ろうとした。

「あれは……」

鷹矢に背を向けて立っている四人の侍に温子が気づいた。

もともと京は公家の町であまり武家の姿を見かけない。幕府が朝廷と諸大名の連絡を嫌ったというのもあり、洛中に屋敷を持つ大名もあまり多くの藩士を常駐させないようにしている。また、浪人者の京都滞在は厳しく制限されている。そんな京で四人の侍がたむろしているのは珍しい。

「あかん、あいつら東城はんを襲う気や」

温子は四人が柄《つか》に手をかけているのを見た。

「一人ではなんもでけへん」

温子は貧乏公家の娘である。刀や長刀《なぎなた》などの稽古《けいこ》をしたことはない。というより、その金があれば、菜を買わねばという生活を送ってきた。商人との交渉はできても、斬った張ったには無力であった。

「役屋敷へ助けを」

温子は的確な判断を選んだ。

「東城はん、気を付けて」

大声で注意を喚起して、温子はもと来た道を駆け戻った。

女の声は高く、良く通る。

「なんだ……」

背後からの叫びに四人の藩士たちが驚いた。

「あの女……要らぬまねを」

振り向いた河野が、走り去る温子の背中に吐き捨てた。

「警告……」

川原田が苦い顔をした。

「助けを呼びに行ったな」

「追うか。女の足ならば追いつくに苦労はない」

河野が問うた。

「止《や》めておけ。女一人のために、こちらの数を減らすわけには参らぬ。我らの役目は禁裏付を目立たぬように討つこと」

川原田が河野を制した。

「そうであったな」

河野が鷹矢のほうへと顔を戻した。

人というのは、あるていど馴染《なじ》んだ声に反応する。周囲でどれだけ多くの人がしゃべっていても、知り合いの声だけは拾える。

「この声は」

温子の声を鷹矢はしっかり聞いていた。

「……南條どの」

鷹矢は必死に走り去っていく温子の姿を確認した。

「あれか」

温子から目を戻した鷹矢は、立っている四人の藩士を認識した。

「……ということは、後も」

さっと鷹矢は後を見た。巡検使として山城国《やましろのくに》に入ったとき、鉄砲で襲われた。その経験が鷹矢を成長させていた。鷹矢はまず戦場となるところの周囲を確認することを覚えていた。

「やはり」

鷹矢は走って近づいてくる笹山を見つけた。

「一人とは少ないが……挟み撃ちにする気だな」

前後の敵との間合いを鷹矢は計った。

「気づかれたな」

鷹矢が足を止めたことで、川原田が確信した。

「後手に回るわけにはいかぬ。行くぞ」

川原田が太刀を鞘走《さやばし》らせた。

「おう」

「わああ」

残りの藩士も気合いを入れて太刀を抜いた。

「抜いた……」

真剣が夕陽を映して光った。鷹矢は己も太刀を構えた。

「一、二、三……」

鷹矢は素早く目を走らせた。

「分断せねば、やられる」

千石取りの旗本として、一通りの武芸は習ったが、剣術遣いになるために稽古をしたわけではない。とても太刀で戦って勝負にはならなかった。

「禁裏付と知っての狼藉《ろうぜき》か。人違いいたすな。御上への謀叛《むほん》となるぞ」

鷹矢はまず権威を表に出した。禁裏付は幕府だけでなく、朝廷にも影響力を持つ。辻斬りや野盗の類ならば、名前を聞いただけでかかわりになろうとはしなくなる。

「…………」

返答はなく、四人が近づいて来た。

「ならば、そのままにはおかぬ」

鷹矢は気迫をこめて、切っ先を四人へと向けた。

主君の命とわかっていても、謀叛という言葉は重い。

近づいていた四人の足並みが乱れた。

「ちっ……」

舌打ちした河野が斬りかかってきた。

「つ、続け」

川原田も前に出た。

「あ、ああ」

「おう」

残り二人も従おうとしたが、気合いが一度冷えただけに動きが遅れた。

「来いっ」

大声で鷹矢が応じた。

「死ねえ」

河野が太刀を振り下ろした。

「…………」

無言で一歩鷹矢は下がった。

先ほど笹山との距離は確認してある。鷹矢の行動は、河野の意表を突いた。

「受けるのではないのか……」

来いと太刀を青眼《せいがん》にして見せた鷹矢である。誰でも敵の太刀を受け止めると考える。

それを鷹矢は退いた。

必殺の気迫をこめた一撃は、その力をぶつける相手を失い、勢いのまま太刀が河野の身体を引っ張った。

「しまった……」

体勢を崩した河野がたたらを踏んだ。

「わっ、危ない」

そこへ川原田が突っこむ形になった。

味方を傷つけるわけにはいかない。川原田は手にしていた太刀を捨てた。河野と川原田が交錯し、後から半歩遅れた二人の藩士の壁になってしまった。

「あわっ」

「見えぬ」

二人がうろたえた。

「はっ」

四人が乱れた隙を鷹矢は見逃さなかった。鷹矢は一歩踏みこむと、動きの止まった河野と川原田に向けて太刀をぶつけた。

「ぎゃっ」

「ぐうう」

背中を打たれた河野と、切っ先で薄く左肩を削がれた川原田がうめいた。

「浅い」

戦果の少なさに、鷹矢は歯がみした。

鷹矢の経験のなさが、露呈した。神工鬼作と言われる日本刀は、鋭い刃《やいば》を持つ。それだけに叩ききるといった単純な上下の動きには合致しない。太刀全体を引くようにしなければ、切れないのだ。

まっすぐ太刀を落とした鷹矢は、河野の背中に当たった瞬間、鍬《くわ》を地面に当てたときと同じように、柄を引かなかった。

結果、鷹矢の一撃は、河野の背中を強打したのと、切っ先の鋭い部分が突き刺さる形になった川原田に傷を付けただけで終わった。

「……………」

絶好機を逃がした。一撃で二人、少なくとも河野一人でも葬っておけば、鷹矢は優位に立てた。

真剣勝負で味方が死ぬ。しかも目の前で血にまみれての末期《まつご》を見せつけられるのだ。まず、士気はさがる。なかには、仲間をやられたとの怒りから、闘志を燃やす者も出るだろうが、怒りは戦いの邪魔にしかならない。

頭に血がのぼれば、敵にしか目がいかなくなり、周囲へ気を配れなくなる。それこそ、足下さえおそろかになる。

少数で多勢を相手にするときは、先手を取れるかどうかは大きな差になった。

「ぐううう」

斬られなかったとはいえ、鉄の棒で背中を殴られたに近い。河野は痛みにうめいて崩れた。

「斬られた……」

左肩をやられた川原田は、右手で肩を押さえてうめいた。

前衛二人が崩れた。

鷹矢は太刀を下げたまま、大きく二人を右に迂回し、逃げ出した。

「……河野どの、川原田どの」

「えっ……」

倒れた同僚を気遣っていた残りの二人は、鷹矢の動きに対応できなかった。

「……馬鹿者どもが、追え。二人は放っておけ」

近づいた笹山が怒鳴りつけた。

「よろしいので」

傷ついた者を放置してはおけないという人としての常識が、二人を縛っていた。

「死んではおらぬ。それよりも急げ。あやつを逃がすな。殿の御命であるぞ」

「そ、そうであった」

「うむ」

二人が慌てて鷹矢の後を追った。

「笹山、どうなっている」

そこへ小田たちが駆けつけてきた。

「禁裏付を襲ったのですが、二人が返り討ちに」

笹山が報告した。

「なぜ、我らを待っていなかった」

小田が河野たちを叱った。

「それが女に声をあげられてしまい……」

「見られたのか」

言いわけをした河野に、小田が嘆息した。

「それでやむなく、早めに」

「やむなしか」

小田が首を横に振った。

「それよりも小田どの。禁裏付を討たねば」

「ああ。そうであった。なんとかして役屋敷に入るまでに止《とど》めを刺さねば。こうなればなりふりかまっておられぬ。走れ」

小田が一同を急《せ》かした。

四

温子は裾《すそ》が乱れるのも気にせず、役屋敷を目指した。

「誰か……」

門が見えたところで、声を出しかけた温子が止めた。

「まだ門番もいない」

温子が役屋敷の手前で右へ曲がった。禁裏付役屋敷と背中合わせに禁裏付組屋敷があった。そこに禁裏付の与力、同心が住んでいた。

「どなたか、大事でございまする」

組屋敷の門前で温子が叫びをあげた。

与力、同心の組屋敷にも門番がいた。

「なにごとか。騒がしい。ここはそなたのような者が来るところではない」

門番が手にした六尺棒で地面を突き、温子を威嚇《いかく》した。

「禁裏付東城典膳《てんぜんのしょう》正の家中の者でございまする」

温子が固い口調で告げた。

「禁裏付さまの……待て」

鷹矢の名前を出されては、門番では対応できない。門番小者の一人が組屋敷のなかへと入っていった。

「急がねばならぬというに……」

苛立ちを温子が見せた。

「当番同心の榊原一蔵《さかきばらいちぞう》である。なんだ」

しばらくして面倒くささそうな態度を隠そうともしない武家が門へ出てきた。

「東城典膳正の家中で内証を預かる南條温子でございまする。典膳正さまが……」

早口で温子が説明した。

「典膳正さまがどこの者ともわからぬ武家に襲われていると……それは大変だが、我らが出張《でば》るわけにはいかぬな」

榊原が首を横に振った。

「なぜ……」

「禁裏付の与力、同心は禁裏のなかでなければ、権を行使できぬ決まりじゃ。禁裏の外は京都町奉行の管轄。そちらへ回れ。わかったな」

手を振って榊原が背中を向けた。

「今から京都町奉行所まで行って間に合うはずもない」

ここから近い京都東町奉行所でも、二条城の南である。走っても女の足では小半刻《こはんとき》（約三十分）近くかかる。

「……榊原どのと申されたな」

「なんじゃ」

名前を呼ばれた榊原が振り向いた。

「妾《わらわ》は南條弾正大忠の娘である。二条大納言さまの係人《かかりうど》として、典膳正さまのお身の回りを担っておる。つまり典膳正さまは二条大納言さまから格別のお気遣いを得ている」

「二条さまの……」

五摂家の名前は重い。榊原の表情が引き締まった。

「典膳正さまに万一あったときは、そなたの名前を二条大納言さまにお伝えしよう。京で二条さまに睨まれて生きていけると思うな」

言い放った温子が背を向けた。

「ひっ……ま、待ってくれ」

「………」

顔色をなくした榊原を温子は無視して、もと来た道を走り戻っていった。

「ど、どないしはりますねん。二条はんを敵にしたら、終わりでっせ」

話を聞いていた門番小者が、震えながら榊原に問うた。

「わいらは知りまへんで。巻きこまんとっておくれやす」

もう一人の門番小者が榊原を見捨てた。

「た、立川《たてかわ》どのに……」

榊原が組頭を兼ねる与力立川謹吾《きんご》のもとへ急いだ。

「典膳正さまが、襲われているだと。なにをしている。すぐに出るぞ」

榊原の報告に立川謹吾が、すぐに反応した。

「よ、よろしいので。禁裏付が京の町でなんぞしたら、京都町奉行所から苦情が……」

榊原が責任をどうするのだと問うた。

「そんなもん、典膳正さまに任せればすむだろうが。頭《かしら》はそのためにある。しかし頭を討たれたときは、我らが責を負わされる」

立川が言い放った。

「急げ。三名準備できたなら出ろ。他を待つな。ただし、一人では行くな。南條さまの姫君によると、敵は少なくとも四名はいる。かならず複数で対応しろ。典膳正さまを死なせれば、我らは終わるぞ」

立川が一同を脅した。

「おう」

同心たちが組屋敷を飛び出した。

「典膳正はんが死んだら……二条さまは冷たいお方。役に立たなかった南條は見捨てられる。そうなったら終わりや。なんとしてでも典膳正はんを……」

組屋敷を見限った温子は蒼白になりながら、役屋敷へ戻った。

「南條さま」

髪の毛も衣類も乱れているうえ、とても公家の姫とは思えぬ形相になった温子に、東城家の小者次郎太《じろうた》が驚愕《きょうがく》した。

「弓、いや鉄砲を」

温子が大声で命じた。

「な、なにを言われまする」

武器を出せと言う温子に、次郎太が絶句した。

「典膳正はんの命が危ないんやで。さっさとしいや」

温子が身分もかなぐり捨てた状況で叫んだ。

「どうなさいました」

三内が騒ぎに顔を出した。

「典膳正はんが襲われてはる」

「なんですと。どこで」

「丸太町通りの一本南、竹屋町通りと富小路の交差するあたりや。相手が多い。早《はや》うせなあかん。鉄砲を、鉄砲やったら、うちでも」

「なりませぬ。鉄砲や弓を京で遣えば、たとえ典膳正さまが生き残られても、後ほどの咎めで切腹、東城家は改易《かいえき》になりまする」

三内が温子の求めを拒んだ。

「そんなこと言うてたら、典膳正はんが死んでまう」

温子が悲鳴をあげた。

「次郎太、槍を持て。儂《わし》も出る。南條さまは、ここで」

「うちも行く」

三内の指示に温子が大きく首を左右に振った。

「足手まといだと申しております。戦いに女が出ては困りまする。あなたさまを守るために一人の手を割くことになるのでございますぞ」

「………」

事実だけに温子は黙るしかなかった。

「殿がお戻りになられたときの用意をお願いいたしましょう」

「用意……」

「夕餉と風呂でございまする。戦場《いくさば》から生きて帰った男を迎えるのは女の仕事でございますぞ。次郎太」

走り出しながら三内が、言い残した。

「女の仕事は、戦場から生きて帰った男を迎えること……」

温子が呟いた。

鷹矢は太刀を右手にさげたまま逃げていた。

「おわっ。なんやあ」

鷹矢の手にしている真剣に気づいた京の住人が驚愕の声をあげる。

「………」

しかし、そのようなことに構ってはいられなかった。

真剣に慣れていない鷹矢にとって、走りながら太刀を鞘へ戻すのは難しい。揺れながら真剣を鞘に入れようとして、失敗すれば自らの身体を傷つける。

下手が太刀を抜くときに鞘を摑《つか》んでいる左手の指をなくす失敗は多い。それほど真剣は鋭いのだ。

また傷は戦いを左右した。たいした怪我でなくとも、痛みは出るし、血も流れる。流れた血が手に付けば、太刀を振ったときに滑る。下手すれば太刀を落とすことになる。

他にも血が目に入れば、視力を一時的とはいえなくす。

さらに人は血をなくすと死ぬ。そこまでいかなくとも、あるていど以上の血を流せば、ふらついたり、立てなくなったりする。

傷を負うことは、命の危険を呼ぶと同義であった。

「待て」

「止まれ」

その鷹矢をやはり抜き身を持った藩士たちが追いかけている。

「侍同士の喧嘩じゃ」

「巻き添え喰うたら、かなん」

周囲の町人たちが散っていく。

「人がいなくなるのは助かるが、誰一人町奉行所へ報せに行ってはくれぬ」

かかわり合いになりたくないといった態度の庶民たちに、鷹矢はなんともいえない気分であった。

「岩城《いわき》、右へ回り込め」

笹山が二人の後から指示を出した。

「はっ」

追っていた一人の藩士が、大きく迂回した。

「くらえっ」

走りながら笹山が小柄を投げた。

小柄は三寸（約九センチメートル）ほどの刃を持つ小刀である。刀の鞘に取り付けられ、紙を切ったり、血豆などを潰すのに遣われた。細かい作業をこなすため、刀身の割に大きな柄が付けられ、投げた場合は切っ先ではなく、柄頭が先になりやすい。

「あつっ」

背中に小柄を投げつけられた鷹矢は、思わずなにが飛んできたかと振り向いてしまった。

走っている最中に振り向く。大きく重心をずらす行為は、鷹矢の速度を遅くした。

「やっ」

岩城が鷹矢の背中に斬りかかった。

走りながら間合いを摑むのは難しい。己の歩幅、相手の速度を計り、腕の長さも考慮していなければならない。

「届く……」

しっかり岩城は読み切っていた。

初めての真剣勝負が、岩城の計算を狂わせた。生まれて初めて人を斬る。人を殺す。剣術を学んだときから、決して抜いてはならぬ、人を斬ってはならぬと教えられてきた。

敵を倒し、人を殺すのが武士の役割である。戦国のころならばためらうことなくできたこれが、泰平では禁じられた。

天下の秩序を安寧に保つには、武士が刀を振り回して人を斬って回っては困るのだ。

いつ斬られるかわからないようなところに、庶民は定住したがらない。乱世でない泰平で城下を発展させるのは、武士よりも町民が中心になる。町民を集めるには、武士の行動を規制するしかないのだ。

これが武士の心に矛盾を生んだ。冷静に役目として斬らねばならぬという使命感と、人を斬るなという道徳教育がせめぎ合う。

結果、岩城の手の筋が、萎縮《いしゅく》した。

「あっ……」

手応えなく過ぎていく切っ先に岩城が声をあげた。

「馬鹿者が……」

笹山が岩城を怒鳴った。

「つうう」

当たらなかったとはいえ、一寸（約三センチメートル）ほど離れたところを真剣が過ぎたのだ。その迫力は鷹矢を圧した。

「うおお」

鷹矢は後を見るのを止めて、駆けだした。

「逃がすな。あの角を曲がられれば禁裏付役屋敷は目の前じゃ。それまでに押さえろ」

笹山が大声で指示した。

「承知」

一刀が当たらなかったことで呆然とした岩城を残して、もう一人が足に力を入れた。

「待て、逃げるな。それでも武士か」

罵声《ばせい》を浴びせながら、もう一人の藩士が鷹矢に迫った。

「斬るな。足止めをしろ。押し倒せ」

笹山が後から命じた。

「くそっ」

鷹矢は舌打ちをした。

一対多でなにがまずいといって、囲まれることである。人は同時に複数の目標に対応できない。囲まれて四方から同時に襲われれば、鷹矢になすすべはない。なんとしてでも援軍の得られるところまで逃げなければならない。

足止めはすなわち死を表していた。

「おう」

うなずいた藩士が、手にしていた太刀を鷹矢の足めがけて投げてきた。

「うわあ」

足に刀が当たれば、まちがいなく行動不能に陥る。鷹矢は上に跳んで太刀をかわした。走っている最中に上へ跳ぶ。一気に鷹矢の速度は落ちた。

「かかった」

追いついた藩士が、そのまま鷹矢を抜き去って前へ回りこんだ。

「……しまった」

鷹矢は顔色を失った。

先ほどと違い、狭い路地である。大きく外へ膨らんで、前を塞《ふさ》ぐ藩士をやり過ごすことは無理であった。

「よくやった」

褒めながら岩城が鷹矢の背後を塞いだ。

「先ほどはよくも……」

怒りながら岩城も追いついてきた。

「…………」

禁裏付とわかっていての襲撃である。鷹矢は、なにも言わず、太刀を青眼に構えた。

「ようやくあきらめたか」

笹山が笑った。

「大人しく斬られろ。さすれば一撃で仕留めてやる。苦しまずに極楽へ行けるぞ」

上段に太刀を移しながら、笹山が告げた。

「…………」

鷹矢は無言で背中を民家の塀に預けた。

「持久戦は、こちらに有利だぞ。仲間が集まってくるだけな。ほれ、また来たぞ」

笹山が勝ち誇った。

小田たちの姿が遠くに見えた。

「…………」

前に一人、後に二人、さらにその向こうに四人見える。鷹矢は前の磯崎に集中した。

「磯崎、来るぞ。斬ろうと思うな。逃がさぬようにだけすればよい」

鷹矢の目が磯崎に向いたのを笹山は見逃さなかった。

「お任せあれ」

すっと一歩磯崎が引いた。鷹矢の間合いから磯崎が離れた。

「くっ」

鷹矢は舌打ちをした。

旗本の当主として鷹矢も剣術の稽古は積んでいる。また鷹矢の師匠であった阪崎《さかざき》兵武《ひょうぶ》は、基礎を重要とする主義であり、素振りと間合いの読みを繰り返し修練させた。

「届かぬ一撃がどれほど力の入ったものでも意味はない」

「剣速が雷鳴ほど速くとも、刃筋があっていなければ人は斬れぬ」

下手な技を教えず、それだけを繰り返させた阪崎兵武の稽古が、今、鷹矢に絶望を与えていた。

「岩城、今度はしくじるなよ。儂は後詰めを取る」

「任されよ」

喜々として岩城が出た。

「今度は、さきほどのようにはいかぬわ」

「…………」

一度間合いをまちがった者は、二度と同じ失敗をしない。鷹矢は苦く頬《ほお》をゆがめた。

「死ね、禁裏付」

ゆっくりと岩城が太刀を振りかぶった。

「賊でござる」

鷹矢は大声を出した。

「な、なにっ」

「賊が出た。賊が出ましたぞ」

「こいつは……」

「だ、黙れ」

恥も外聞もなく叫ぶ鷹矢に、刺客一同が戸惑った。

「さっさとやってしまえ」

生かしておいてはうるさいと笹山が言った。

「はっ」

首肯した岩城が殺気を放った。

「賊だと」

「どこだ」

「あそこではないか」

鷹矢の抑えに回った藩士の後から大勢の声がした。

「なにごとだ」

笹山が驚いた。

「……………」

ふたたび岩城が手を止めた。

「禁裏付与力立川謹吾である。そこの者、動くでないぞ」

同心を引き連れた立川謹吾であった。

「立川、東城典膳正じゃ。こやつら、拙者の命を狙っておる」

鷹矢が叫んだ。

「禁裏付さま。皆、突っこむぞ」

「おう」

禁裏付与力と同心、合わせて十名が迫った。

「あわわわ」

鷹矢と禁裏付与力たちの間に挟まった形の藩士が慌てた。

「捕まれば……死」

身分を明かすことは許されない。

「今だ」

藩士の腰が浮いたのを注視していた鷹矢は見逃さなかった。

「やっ」

肩で突き飛ばすようにして鷹矢が体当たりを敢行した。

「わあっ」

藩士が吹き飛んだ。

「逃がすか」

岩城が追おうとした。

「間に合わん。一度退け」

すでにかなりの距離ができていた。鷹矢が禁裏付与力たちと合流するのを防げないと見て、笹山が撤退を宣した。

「次は逃がさぬ」

笹山が鷹矢の背中を睨み、踵《きびす》を返した。

「ご無事でございましたか」

立川謹吾が鷹矢を案じた。

「お陰で助かった」

鷹矢は礼を述べた。

「おい、五人ほどであいつらの後を追え」

「止めておけ」

同心たちに追跡をさせようとした立川謹吾を鷹矢は押さえた。

「禁裏付に洛中を探索する権はない。今の助けはありがたかったが、派手にやりすぎると問題になる。このまま屋敷へ戻る」

「わかりましてございまする」

立川謹吾が従った。

「誰か、役屋敷まで報せに走れ。南條さまが心配なさっておられよう」

別の指図を立川謹吾が出した。

「南條どのが……」

「はい。組屋敷までお見えになり……」

問うた鷹矢に立川謹吾がそのときの様子を話した。

「そうか。そこまでしてくれたとは」

温子の取り乱した様子を聞いた鷹矢は、なんとも言えない気分になった。

「ありがたいことだ」

鷹矢は温子への感謝を口にした。

第二章　京の目付

一

生き残ったとはいえ、洛中で禁裏付が襲われたのだ。翌日、禁裏には遅れる旨の使者を出した鷹矢は、京都所司代を再訪した。

「戸田因幡守どのにお目通りを願う。これは禁裏付としての正式な要請である」

門番同心に、鷹矢は役職を盾にして求めた。

「お待ちを」

すぐに門番同心が所司代の御殿へと駆け、待つほどもなくして用人佐々木を伴って来た。

「いかがなされました。連日のご訪問とは。昨日のことでございましたら、先ほど禁裏宛に所司代名で通知を出しましてございまする。ご迷惑をおかけしましたことを幾重にもお詫びいたしまする」

佐々木が機先を制するように、頭を下げた。

「それではござらぬ」

固い声で鷹矢は否定した。

「ではなにを……」

「おぬしではならぬ。所司代どのに直接お話しをする」

用件を訊こうとする佐々木に、鷹矢が首を横に振った。

「あいにく主は多忙でございまして。お目にかかれませぬ」

佐々木が拒んだ。

「禁裏付として、都を預かる所司代どのに用がある。それを陪臣の身で止めるというのだな」

「……………」

身分を鷹矢は表に出した。

佐々木の目つきが変わった。

「なにごとがございましたので」

佐々木がふたたび問うた。

「そなたの知っていいことかどうかは、戸田因幡守どのが判断されよう。拙者は戸田因幡守どのと話をしたい」

「内容をお話しいただけねば、主に取次いたしかねまする」

「会えぬとあらばいたしかたあるまい。京のことは京ですませたかったのだが……」

条件を付ける佐々木に、鷹矢は嘆息した。

「今日、拙者が来たことを覚えておいてくれ」

鷹矢は門番同心に告げて、背を向けた。

「お、お待ちあれ。どちらに」

「飛脚を手配しにいく」

「……飛脚。でございましたら、御用飛脚をお遣いになられれば」

佐々木が勧めた。

御用飛脚は、京都所司代、大坂城代から江戸へ書付を運ぶ。御上の公用飛脚なので、宿場、問屋場の馬、人足を自在に遣えるうえ、関所でも止められることはない。京都と江戸を五日から七日でつないだ。

「中身をあらためられるわけにはいかぬ」

「所司代にも見せられぬものを江戸へ……」

「白河侯のもとへ出す」

窺《うかが》うような目をした佐々木に、鷹矢が告げた。

「松平越中守さまへ」

佐々木が息を吞んだ。

白河侯とはその領地を表した呼称で幕府老中首座松平越中守定信のことであり、京都所司代戸田因幡守とは政敵の関係にあった。

「しばし、主の都合を伺って参りまするゆえ」

佐々木が急いで御殿へと入っていった。

「禁裏付着任届けのことといい、あやつは不審であるな」

鷹矢は佐々木の背中に疑惑の眼差《まなざ》しを向けた。

京都所司代に仕事はない。かつては京の政、朝廷の監視、西国大名の監察、五畿内、近江《おうみ》、丹波、播磨《はりま》の八カ国を支配した要職も、京の政は京都町奉行所に、朝廷の監視は禁裏付に、諸国の支配は代官に移管され、京都所司代は飾りになった。

「殿」

表御殿執務部屋で、所司代役屋敷に保管されている古い記録を手に時間つぶしをしている戸田因幡守に、佐々木が声をかけた。

「なんだ」

京都所司代役屋敷は、二条城ほどではないが、かなり大きい。執務室にいては、門で多少の騒ぎがあっても聞こえてはこない。

戸田因幡守が佐々木に問うた。

「禁裏付東城典膳正さまがお目通りを願ってお見えになりましてございまする」

「あの越中の犬がか。顔も見たくはないぞ」

会わないと戸田因幡守が手を振った。

「ご多忙とお断りをいたしたのでございますが……」

佐々木が少しためらった。

「申せ」

信頼する家臣の異変に戸田因幡守が気づかないはずはなかった。

「お目にかかれぬのならば、江戸の越中守さまに連絡を取ると」

「越中に……なんのことだ」

戸田因幡守が目つきを厳しいものにした。

「じつは……」

昨夕の出来事を佐々木は語った。

「周防守どのの家臣たちが動いたのだな」

「はい。昨日、所司代から帰る典膳正さまの後を追って参ったのを、この目で確認しておりまする」

確認する主に佐々木が応じた。

「典膳正が来たということは、刺客どもは失敗した……」

「でございましょう」

佐々木がうなずいた。

「周防守どのの家臣どもはどうした。下屋敷の長屋を与えていたのだろう」

戸田因幡守が問うた。

「今日はまだ見ておりませぬ」

佐々木が首を横に振った。

用人は藩主を支える重要な役目である。多忙さでは戸田因幡守をはるかにしのぐ。そのうえ、主の側《そば》に控えておらねばならず、日が昇る前から所司代役屋敷へ出務している。とても、刺客の長屋を見回っている暇などなかった。

「誰かを見に行かせるというわけには……」

「知る者は少ないほうがよろしゅうございまする」

所司代役屋敷と下屋敷は隣り合っているといえるくらい近いが、刺客たちの長屋を見に行って戻ってくるには手間がかかる。

鷹矢が門前で待っている以上、佐々木が出向くわけにはいかなかった。

「いたしかたなし。会う」

嫌そうに頬をゆがめながら、戸田因幡守が鷹矢を通せと言った。

「申しわけもございませぬ」

自分で差配できなかったことを佐々木が詫びた。

「相手は禁裏付じゃ。そなたでは拒めまい。伝蔵《でんぞう》、余が禁裏付の相手をしている間に、長屋を見て参れ」

戸田因幡守が現状の調査を佐々木に命じた。

「承知いたしましてございまする」

佐々木が主の前を一度下がった。

「…………」

さすがに門前ではなく、鷹矢は門内で待たされていた。

「遅くなりましてございまする。主因幡守、お目にかかりまする。どうぞ」

戻ってきた佐々木が、鷹矢を御殿玄関から、応対の間へと案内した。

「間もなく主が参りまする」

一礼して、佐々木が出ていった。

「……茶も出さぬか。肚《はら》の小さなことだ」

放置された鷹矢が鼻先で笑った。

嫌がらせに近い無為な時間を鷹矢は半刻（約一時間）ほど過ごした。

「どうであった」

鷹矢を待たせている間に、佐々木が長屋へ走っていた。帰ってきた佐々木に、戸田因幡守が尋ねた。

「誰もおりませぬ」

「逃げたか」

戸田因幡守が眉をひそめた。

「というより、昨日より戻っておらぬというのが正解かと。長屋には旅支度に遣う振り分けや、洗濯した下帯などが干されておりました」

佐々木が状況を説明した。

「ふむ。返り討ちにあったか」

「七名すべてが……」

戸田因幡守の言葉に佐々木が顔色を変えた。

「典膳正は一人だったか、昨日」

「はい。一人に見受けましてございまする」

問われた佐々木が答えた。

「ふむう。七人を一人で片づけた……とは思えぬな」

「はい。それほど武芸ができるようには見えませせぬ」

二人が顔を見合わせた。

「ここで考えてもわかることではないな。典膳正に会うとしよう。そこでなにかしらのことがわかろう」

戸田因幡守が腰を上げた。

二

「待たせたの」

応対の間へ戸田因幡守が入った。

「ご多用でございましたか」

普通ならば不意に来たことを詫びるところだが、鷹矢は頭を下げずに皮肉を口にした。

「……うむ。いろいろと難しいことが多いゆえな」

一瞬、眉間にしわを寄せた戸田因幡守だったが、鷹矢の嫌味を受け流した。

「で、今日は早くからなんじゃ」

さっさと用件を言えと戸田因幡守が急かした。

「まず、所司代から禁裏へ、禁裏付赴任の届けが出されておりませなんだ。それを広橋中納言さまよりご指摘をいただきましたが……」

まず鷹矢は失策を攻めた。

「それは……」

予想外のことに戸田因幡守が詰まった。

「これは江戸へご報告せねばなりませぬ」

「そこまでのことではなかろう。ご執政衆もお忙しい。このていどのことでお手をわずらわせてはなるまい」

あわてて戸田因幡守が止めた。

「しかし、朝幕の関係に懸案がある今、お報せすべきでしょう」

鷹矢は追及を続けた。

「朝幕に懸案などない」

形だけとはいえ、朝廷とのかかわりの責任者は京都所司代である。朝廷と幕府の間に懸案事項があると認めるわけにはいかなかった。

「今上《きんじょう》さまのお望み、上様のご要望が重要ではないと」

鷹矢はしっかりと食いついた。

「そうではないわ。もちろん、太上天皇号を今上さまがお求めだとは知っておる。余が最初に江戸へ報せたのだぞ」

朝廷から幕府への要求は、武家伝奏を通じて所司代へ伝えられ、そこから江戸へと報される。

光格天皇が実父閑院宮典仁《かんいんのみやすけひと》親王へ太上天皇号を与えたいと考えていることを幕府で最初に知ったのが、戸田因幡守であった。

「上様が一橋民部卿に大御所の称号を賜《たまわ》りたいと朝廷に願い出られているときに、幕府が失点を犯したのでござるぞ」

「失点とは大げさな……」

戸田因幡守が言いすぎだと鷹矢を制した。

「老中松平越中守さまは、太上天皇号を拒みつつ、大御所称号は勅許いただこうとお考えでござる」

「…………」

政敵の名前を出されて戸田因幡守が鼻白んだ。

「向こうの要求は拒み、こちらの言いぶんは通す。それをするには、相手に弱みを見せてはなりますまい」

「弱み……」

「禁裏付交代の届け出が遅れたのが傷ではないと」

「多忙に紛れただけじゃ。ちゃんと届け出はすませたと報告を受けておる。問題にはならぬ」

鷹矢の追及に戸田因幡守が機嫌を悪くした。

「まあ、その判断は越中守さまにお任せいたしましょう」

「きさま、報せるつもりか」

戸田因幡守が憤った。

「さて、今朝の用件に入らせていただこう」

鷹矢が話を変えた。

「むっ」

食いこまれたままの戸田因幡守が戸惑った。

「昨夕、佐々木どのと面談の後、無頼に襲われましてござる」

「…………」

戸田因幡守が黙った。

「幸い、怪我もなく撃退いたしましたが、残念ながら逃げられましてございまする」

「逃がしただと。一人も仕留められなかったのか。それは旗本としていかがなものか。旗本は天下の武を体現する者でなければならぬ。ましてや禁裏付は、朝廷を抑えるだけの力を見せつけるのが役目。そなたにはふさわしくない。ただちに職を辞せ」

一気に戸田因幡守が攻勢に出た。

「七人を相手に傷を負わなかっただけでなく、打ち払ったのが不満だと」

「禁裏付ならば、そのすべてを討ち果たさねばなるまい」

鷹矢の言いぶんに戸田因幡守が告げた。

「禁裏付が七人ならば、所司代どのは何人でござろう」

鷹矢が戸田因幡守を見た。

「なにが言いたい」

戸田因幡守が鷹矢を睨んだ。

「京の治安は京都所司代どのの管轄でございまするな」

「違うな。治安は町奉行所の担当である」

問うた鷹矢に戸田因幡守が否定した。

「京都町奉行は老中支配じゃ。なにかあったときは、老中がその責を負う」

戸田因幡守が続けた。

「禁裏付も老中支配。しかもそなたは越中守どのの引きで禁裏付になった。その禁裏付が武で恥を掻《か》き、京都町奉行が不逞の輩を押さえられず跳梁跋扈《ちょうりょうばっこ》させた。こうなると越中守どのの進退にも話は及ぶな」

勝ち誇った顔で戸田因幡守が述べた。

「無駄足でござったな。ごめんをこうむろう」

嘆息して鷹矢は腰を上げた。

「辞表を出すというならば、御用飛脚を遣わせてやるぞ」

戸田因幡守が笑った。

「辞めたいと言って、辞めさせてもらえるならば」

「…………」

鷹矢の言葉に含まれた意味を戸田因幡守は理解したのか、なにも言わなかった。

「お帰りでございまするか」

玄関に佐々木が座っていた。

「東役所はどうやっていけばよかったかの」

鷹矢が佐々木に訊いた。

「東町奉行所でございますれば、二条城の南西でございまする」

佐々木が教えた。

「さようであるか」

礼を言わず、鷹矢は所司代を出た。

「殿」

鷹矢が出ていくのを確認した佐々木が、戸田因幡守のもとへ伺候した。

「東町奉行所へ典膳正さまは向かわれたようでございまする」

「やはり行ったか」

「どのようなお話になりましたのでございましょう。お聞かせ願いたく」

佐々木が鷹矢との会談内容を尋ねた。

「……おおむねこういった感じであった」

戸田因幡守が語った。

「周防守さまの家臣方を京から離すべきではございませぬか。東町奉行さまが探索を命じられましたら面倒なことになりかねませぬ」

佐々木が進言した。

「武家には町奉行も手出しできまい」

「いいえ。浪人は町奉行の管轄でございまする」

佐々木が主君の知識を否定した。

「浪人……あの者どもは周防守どのが家中。浪人ではあるまいが」

戸田因幡守が怪訝《けげん》な顔をした。

「殿、松平周防守さまのご家中が京に七人も滞在している。それが表に出るのはよろしくございませぬ。松平周防守さまも殿も田沼主殿頭さまの引き。今の老中首座松平越中守さまが見逃されるはずはございませぬ」

「小賢《こざか》しらな越中が、気づくか。禁裏付襲撃がそやつらだと」

苦い顔を戸田因幡守がした。

「しかし、証拠がない。それではいかに越中とはいえ、なにもできまい」

戸田因幡守が大丈夫だろうと口にした。

「目を付けましょう」

佐々木が甘いと応じた。

「今は遠い京におられますゆえ、殿はご無事でいらっしゃいまする。しかし、己の手の者に手出しをされたとなれば、話は別。殿を江戸へ召喚すべく、手を打たれましょう」

腹心だけに佐々木は遠慮なく述べた。

「……まずいの」

「はい」

戸田因幡守は、松平周防守、水野出羽守よりも一段低い京都所司代であったおかげで、田沼主殿頭失脚の連座を避けられていた。

「なんの権限もない京都所司代など放っておけ」

飾りに過ぎない京都所司代は敵でないと松平定信が判断した結果、戸田因幡守はまだ京都所司代であり続けられた。

罷免されず、職にある。

この意味は大きかった。罪があれば、なんらかの咎めがある。それが幕府であった。そして役人が罪に問われたとき、まず最初に役目を奪われる。役目に在り続けるというのは、無罪と同義であった。

つまり戸田因幡守は、田沼主殿頭の失政にかかわっていないと認められたのだ。さすがにこれ以上の出世、京都所司代の上となるただ一つの職、老中への就任はないが、罷免ではなく引退という形を取れるかどうかは、今後に大きくかかわった。

松平定信が老中である限り、戸田因幡守の未来はないが、次代は別である。戸田因幡守が罷免されるか、自ら隠居するかの差が、息子の出世に影響した。

隠居だと京都所司代まで務めたという功績が息子を引きあげる。対して、罷免されたという傷は、息子の役目就任を邪魔した。

家督を継いですぐに奏者番《そうしゃばん》になれるかどうかで、先の出世が決まる世である。

それにまだ戸田因幡守の出世は完全に閉ざされてはいなかった。非常に小さな望みではあったが、望みはあった。

戸田因幡守が復権する唯一の手段は、松平定信の失脚であった。

政敵松平定信が失脚し、水野出羽守ら田沼主殿頭に近い者たちが執政に返り咲けば、戸田因幡守にも光が差した。

「むう」

そのためにも戸田因幡守は罷免されないよう、気を遣わなければならなかった。

「周防守さまのご家中をどうにかいたしませぬと」

「しかし、連絡が付かねばどうしようもなかろう」

戸田因幡守がため息を吐《つ》いた。

「かならずや、私宛に連絡がございましょう」

「失敗したのだぞ。もう京から離れているのではないか」

佐々木の発言に戸田因幡守が異を唱えた。

「主命をはたさずに、国に帰るなどありえませぬ」

佐々木が首を横に振った。

「それに国に帰るだけの用意もございましょう。荷はすべて長屋に残されておりまする」

「荷か。着替えくらいならば買えばすもう」

付けくわえた佐々木に、戸田因幡守が返した。

「着替えを手に入れるのはなかなかに難しゅうございまする。武家が身に付けるような衣服を購《あがな》う店はさほど多くはございませぬ」

「そういうものか。まあ、そなたが申すのならばそうなのだろう」

戸田因幡守が引いた。

「小田たちから連絡がございましたならば、いかがいたしましょう」

「もう所司代下屋敷でかばうわけにも参らぬな」

戸田因幡守が腕を組んだ。

「禁裏付、典膳正さまが見張っているやも知れませぬ。周防守さまご家来衆の顔を見られていたとなれば、いささかまずいことになりまする」

佐々木も警戒した。

「委細は任せる。余に害が及ばぬように手配せい」

戸田因幡守が丸投げをした。

「はっ」

佐々木が頭を垂れた。

三

　京都町奉行は老中支配、役高一千五百石、役料六百俵で与力二十人、同心五十人が付けられた。もとは伏見《ふしみ》奉行の員数外の扱いであったが、京都所司代から京都の治安、民政を受け継ぐ形で京都町奉行となった。

　洛中、山城、丹波、大和《やまと》、近江の治安維持、裁判、民政だけでなく、寺社領、天領も支配した。いわば、町奉行、寺社奉行、勘定奉行を合わせたに近い権限を持っていた。

「お初にお目にかかる。禁裏付の東城典膳正でござる」

「京都東町奉行池田筑後守《いけだちくごのかみ》でござる」

　訪れた鷹矢を京都東町奉行池田筑後守長恵《ながよし》が迎えた。

「ご挨拶が遅れましたことをお詫びいたしまする」

「いや、互いに御用繁多でござるゆえな」

　頭を下げた鷹矢に池田筑後守が気にするなと手を振った。

「それに噂は聞いておりましたのでな」

池田筑後守が鷹矢の顔をじっと見た。

「思っておったよりもお若い」

「噂とは……」

鷹矢が問うた。

「蔵人たちをずいぶんといじめられておられるようじゃ」

池田筑後守が笑った。

「それは……」

鷹矢は驚いた。鷹矢は形骸化していた内証という禁裏の収支、その報告をしっかりと精査するようにし始めた。

「なぜ知っておるかと訊きたいようじゃな」

「……………」

鷹矢は黙った。

池田筑後守は鷹矢よりもかなり歳上である。また遠国《おんごく》奉行でも上席になる京都町奉行は禁裏付よりも格が高い。なによりも京都町奉行という難役に抜擢されるほどである。世慣れた池田筑後守は鷹矢が敵《かな》う相手ではなかった。

「前任者はまともな引き継ぎもなしに江戸へと帰っていったようであるしな」

「それもご存じで……」

鷹矢は驚いた。

「洛中のことは大概、耳に入る」

池田筑後守が笑いを消した。

「京都町奉行というのは、とてつもない力を持っている。儂も着任してから気づいたばかりなのだが」

池田筑後守は昨年目付《めつけ》から京都東町奉行に転じている。旗本の俊英を集めたといわれる目付出身の能吏であった。

「京の町衆は武家に隔意を持っている」

「はい」

赴任してきて以来、買いもの一つにも苦労している鷹矢は同意した。

「なぜ武家に隔意を持つか。わかっておろう」

「かつて武家によって蹂躙《じゅうりん》されたからでございましょう」

天皇の権威すなわち天下を奪い合う武将たちによって京は、何度も戦争に巻きこまれた。町は焼かれ、人は殺され、財は奪われた。その記憶は百年をこえても薄れはしない。

訊かれた鷹矢が答えた。

「うむ。まあ、それくらいわかっておらねば禁裏付はできんな」

池田筑後守が首肯した。

「それにしても、今、京に住まいする者は誰一人として、そのころを知りますまいに」

鷹矢があきれた。

「武家が台頭した平清盛以来、京は何度も戦火を浴びてきた。それで没落した家も多い。とくに公家衆がな。多かった荘園のほとんどを押領され、貧したであろう。それを代々受け継いできているのだ」

「受け継ぐ、でございまするか」

「我らが家禄を先祖代々継承しているのと同じじゃ。顔さえ見たことのない先祖の功績で得た禄を、我々は当たり前のように甘受しておる。それを逆境に置き換えてみれば、痛い目にあった記憶というのを代々語り継いでいてもおかしくはあるまい」

「たしかに」

池田筑後守の言いぶんを鷹矢は受け入れた。

「ですが、それがどう町奉行どのの耳にかかわって参るのでございましょう」

鷹矢は首をかしげた。

「痛い目に遭ってきたという記憶が、どうすれば身を守れるかという対処に変わっていくことは自然な流れであろう」

「…………」

「武家に酷い目に遭わされないようにするには、権力を握る者の機嫌を取るにしかずということだ」

「機嫌を取るために、いろいろな話を持ちこむと」

「そうじゃ。なにせ京都町奉行所は、洛中すべてを支配しているに等しい。唯一らち外であった禁裏も安永三年に御所向御用取り扱いを命じられたことで手出しできるようになったしの」

「御所向御用取り扱い……」

聞き慣れない言葉に、鷹矢は困惑した。

「前任は西旗大炊介《にしはたおおいのすけ》であったな。まともに引き継ぎもせぬとは、まったく役立たずが」

池田筑後守が苦い顔をした。

「御所向御用取り扱いは、口向の不正を糺す役目じゃ」

「それは禁裏付の……」

鷹矢は驚愕した。

口向とは、禁裏の勘定方である。御所にどれだけの金が入り、なににどれだけの金を遣うかを担当する。禁裏付の大きな役目の一つが、口向の監査であった。

「あまりに禁裏付が仕事をせぬゆえ、こちらに後始末が回されたのだ。そうでなくとも御用が多いというに……執政衆は書付一枚ですむだろうが、実務を担当する者としてはたまったものではないぞ」

池田筑後守が嘆息した。

「なにせ、御所だからの、お相手は。与力、同心にさせるわけにはいくまい。京都町奉行所の与力、同心も不浄職扱いだでの」

「では、筑後守どの自らが……」

「ああ」

たしかめる鷹矢に、池田筑後守が首肯した。

「しかし、それは、職分を……」

「おぬしは頑張っておるようだが、他の禁裏付がの。それに御上のご指示とあれば、従わざるを得ぬ」

「……………」

正論に鷹矢は沈黙した。

「まあ、儂としてもやりたい仕事ではないからな。おぬしが精進してくれるならば、余計なまねはせぬぞ」

池田筑後守が言った。

役人の言う余計なまねとは、上司へ直接他職の怠慢を告げる、あるいは気づくように誘導するなどのことである。

「もちろんでございまする」

若い鷹矢は大きく胸を張った。

「さて、本来はもっと早くにすませておくべきだった打ち合わせはこれでよかろう。で、朝早くから来たのは、昨夕のことじゃな。町衆から話があった」

「やはりご存じでございましたか」

さきほどからの会話で、鷹矢は池田筑後守の手腕を見せつけられている。知っていても不思議とは思わなかった。

「誰が襲われたとまではわからなかったのでな。禁裏付役屋敷まで、こちらから人をやれはしなかったのだ。襲われたなど恥だからな。だが、それではお役目を果たせぬというに……」

池田筑後守が話した。

「なるほど。名乗りはいたしましたが、一度、それももっとも最初だけでございましたので、他の者には聞こえていなかったのでござろう」

鷹矢も理解した。

「どのような様子であったかを聞かせていただこう」

「もちろんでございまする」

求めにうなずいた鷹矢は、順を追って説明した。

「ふむ。所司代屋敷を訪ねた帰りに、挟み撃ちを喰らったと」

「さようでござる。最初は前に四人、後に一人でござったが……後ほどもう少し人数は増えたように思いまする」

「それは確かでござるかの」

「全部で何人になったかはわかりませぬが、最初の五人は、顔を見ておりまする」

鷹矢が告げた。

「最低で六人……身形も卑しくはなかった」

「月代《さかやき》もきれいに剃《そ》られておったと記憶いたしておりまする」

「羽織は身に付けて」

「纏《まと》っておりました」

「紋は」

「そこまではあいにく」

細かい確認にも鷹矢は応じた。

「浪人ではないな。おい」

独りごちた池田筑後守が手を叩いた。

「はっ」

すぐに襖《ふすま》が開いて、若い侍が顔を出した。

「番方の与力を……そうじゃの芦屋《あしや》をこれへ」

池田筑後守が命じた。

「お呼びだそうで」

まもなく歳嵩《としかさ》の与力がやって来た。

「こちらは禁裏付の東城典膳正どのじゃ」

「東御所付与力芦屋多聞《たもん》でございまする」

池田筑後守の紹介に、芦屋が頭を下げて名乗った。京の者は町奉行所のことを御所と呼んだ。

「東城典膳正である。世話になる」

身分は鷹矢が上になる。鷹矢はまっすぐに芦屋を見下ろしながら応じた。

「昨夕の一件、この典膳正どのを狙ったものであったらしい」

「そうでございましたか……お怪我などはなされておられませぬようで」

芦屋が鷹矢の全身を観察した。

「……という経緯であったとのことである」

「承りましてございまする。ただちに探索に移りまする」

池田筑後守から詳細を聞いた芦屋が立ちあがった。

「所司代下屋敷を見張るのも忘れるな」

「承知」

念を押された芦屋が首肯して出ていった。

「……さすがでございまするな」

すばやい対応に、鷹矢は感心した。

「町奉行所は迅速でなければならぬでな。それに京は外からの者を受け入れにくい土地柄。どこに見たことない者がいるなど、すぐに知れる。となれば、あとは逃げ出される前に捕まえるだけ」

「なるほど」

京で異物が目立つという池田筑後守に、鷹矢は納得した。

「典膳正どのよ」

池田筑後守の雰囲気が変わった。

「なんでございましょう」

鷹矢も姿勢を正した。

「貴殿も越中守さまの手であろう」

「…………」

初対面の池田筑後守に明かして良いかどうか、鷹矢は黙った。

「警戒せずともよい。儂も同じだからな」

池田筑後守が苦笑した。

「筑後守どのも……」

「昨年、目付から京都東町奉行になった。これでわかろう」

「……昨年。田沼主殿頭さま失脚のあと」

「うむ」

思い出すように言った鷹矢に、池田筑後守がうなずいた。

「これでわかろう」

池田筑後守が鷹矢を見つめた。

「所司代どのの監視」

「役目の一つだな。それは。どちらかというと従だ」

鷹矢の言葉に、池田筑後守が首を横に振った。

「従……主たる役目は別にある……」

「ああ。儂の真の役目は、所司代の罪を探すこと。いや、罪を作りあげることだ」

池田筑後守が告げた。

「作りあげる……とは、いささか穏便ではございませぬぞ」

冤罪を考えた鷹矢が険しい顔をした。

「ふふふふ」

小さく池田筑後守が笑った。

「ないのだ。所司代には罪が。なぜだかわかるか」

「戸田因幡守が清廉潔白な御仁だとの答えではございませぬな」

鷹矢が池田筑後守の笑いに隠されているものを読もうとした。

「当たり前じゃ。田沼主殿頭さまのかかわりぞ。金を忠義の上に置いた御仁によって引き立てられた戸田因幡守が、水のように清らかなはずはない」

目つきを厳しいものにして、池田筑後守が断じた。

「ではなぜ、あら探しができぬのか」

「所司代には権がない……」

今朝方戸田因幡守が言ったことを鷹矢は思い出した。

「すべては京都町奉行と禁裏付の責」

勝ち誇ったように戸田因幡守が宣したのは、己に何一つ力がないと言ったのと同じであった。

「わかっておるではないか」

池田筑後守が表情をゆるめた。

「じつは……」

ここに来る前に所司代役屋敷に寄って、戸田因幡守に報告してきたと鷹矢は伝えた。

「返答は、京都町奉行の責だから知らぬであったろう」

池田筑後守が見抜いた。

「そのとおりでございまする」

「なにもせぬ。そのおかげで生き残ったのが因幡守だ」

「職務怠慢で咎め立てるわけには」

役人は命じられたことをしなければならない。その上で平均以上の仕事をしたならば出世し、劣っていれば職を解かれる。これが役人というものであった。

「なにもするなというのが、京都所司代に求められた役目であるからの」

鷹矢の提案を池田筑後守が否定した。

「どうやっても傷が見えぬ。とはいえ、老中一歩手前と言われる京都所司代に田沼主殿頭さまのかかわりを置いておくのはまずい。いや、言い直そう。次は執政だという京都所司代に越中守さまは、己の息がかかった者を置きたい。しかし、傷のない者を更迭するわけにはいかぬ。なにせ、京都所司代だ。近くに政争を生業《なりわい》にしている公家たちがいるのだ。無理な動きは越中守さまの評判を落とす。別段、都でどのように悪《あ》し様に言われようが、お気になさることはなかろうが……」

そこで池田筑後守が一拍開けた。

「朝廷が越中守さまのご指示に従わなくなっては困る」

「公家が逆らうと言われるか」

鷹矢が目を剝《む》いた。

公家は今、幕府が与える朝廷領で生きている。言い方は良くないが、天皇という大名とその家臣である。

幕府から天皇が領地をもらい、それを家臣である公家に分け与えている。公家の主は天皇であり、将軍に仕えているわけではないが、禄をくれている大元は幕府であった。

「逆らうといっても、面と向かってどうこうはせぬぞ。そんなことをして幕府の怒りを買っては、公家だといっても潰されるからな」

鷹矢の考えに池田筑後守が修正をくわえた。

「…………」

「わからぬという顔じゃな」

池田筑後守がほほえんだ。

「公家が一筋縄でいかぬくらいはわかったであろう」

「それは重々」

毎日公家と顔を合わせているのだ。鷹矢は公家が色々と言葉を並べ立てるが、その用件はなんなのかさえ理解できていない。最初は賛成するような態度でありながら、その実は反対であるとか、よく聞いてみるといくら金を出したら手配りをしてやるだとか、とにかく手間がかかる。武家のように最初の一言で賛否がわかることはない。「面従腹背《めんじゅうふくはい》。表裏一体。卑怯未練。傲岸不遜《ごうがんふそん》。肚に一物。どれもあてはまるが、どれも正解ではない。それが公家よ。いくらでもごまかせる。幕府の要望への返答でも、どうとでもとれるような形をとる。認めているようで認めていない。前向きに検討するといえば、許可のように思えるが、検討するだけ。なにより検討がいつ終わるかを明言しない。公家は千年のときを生きる。なにも一代で結論をださずともよいのだ」

「なんともはや……」

　鷹矢はあきれた。

「公家とはそういうものだとわかったうえでつきあわねば、痛い目を見る。よろしいかの、典膳正どの」

「お教えかたじけなし」

　鷹矢は頭を垂れた。

「公家たちを抑え、所司代を落とす。そのために儂は京へ出された。儂の前職は目付だ。目付は非違監察が任である」

「筑後守どのは、目付ではございませぬが……」

　前職が目付だからといって、今も非違監察をしていいというわけではない。職分の侵略は役人のもっとも嫌うところである。下手をすれば、戸田因幡守を告発したことで、池田筑後守が目付に捕まりかねなかった。

「貴殿は使番から巡検使を経ての禁裏付であったな。ならば知らずとも当然か」

「なにをでしょうや」

　鷹矢は怪訝な顔をした。

「京都町奉行はな、奉行所の内外を非違監察する権を持つ」

「それは……」

　聞いた鷹矢は息を呑んだ。

「京都所司代を上様へ訴え出ることができるのだ。儂は」

「なんという権能……」

　京都町奉行は一千五百石高の旗本役であり、京都所司代は数万石以上の譜代名門のなかからたった一人が選ばれる大名役である。その格の差は大きい。それを京都町奉行はひっくり返せた。

「遠国目付じゃ。京都町奉行はな。なにせ、目付は江戸にしかおらぬ。よほどのことがないかぎり、目付が地方へ出向くことはない。それでは、遠国の非違監察ができまいが」

池田筑後守が話した。

「それで筑後守どのが、選ばれた」

鷹矢は松平定信の意図を把握した。

「そうじゃ。非違監察は大きな権だけに、遣い方が難しい。儂は目付であったからの。この権能の利点、欠点も把握している」

池田筑後守が胸を張った。

「ということで、おぬしも気を付けよ。儂は、禁裏付も非違監察できる」

「心いたしましょう」

池田筑後守の眼差しを鷹矢は受け止めた。

四

天皇を迎えておこなわれる朝議に参加できるのは公家の誉れであり、義務でもある。

朝議には二つあり、一つは朝廷としておこなうべき、即位、任官、叙位、改元などの儀式を司り、もう一つは節句の宴などの饗宴をさした。

節句は元日、白馬《あおうま》と呼ばれる一月七日、上巳の三月三日、端午の五月五日など、特定の日をさす。

その朝議のなかでもっとも重いものは天皇即位にかかわるものであった。光格天皇の求めた閑院宮典仁親王への太上天皇号をどうするかはそれに準ずるものとして、朝議にかかわれる参議以上の公家たちを大いに揺らしていた。

「愛親《なるちか》、いかに」

光格天皇が、側近の中山《なかやま》議奏《ぎそう》愛親に問いかけた。

第百十九代にあたる光格天皇は、閑院宮典仁親王の第六子であった。成人ののち宮家を出て仏門に入るはずだったが、安永八年（一七七九）の後桃園《ごももぞの》天皇急逝によって運命が大きく変わった。

後桃園天皇には内親王しかいなかったため、その夫となり高御座へあがる相手として、血筋、年齢が近く、未婚の皇族だった光格天皇に白羽の矢が立った。

十歳で即位した後、長く途絶えていた朝議を再開するなど朝廷の権威復活に励んだ。

天明の飢饉では幕府に民の救済をすべしとの意を示すなど政への口出しも厭《いと》わなかった。

十代将軍家治の御台所《みだいどころ》が父閑院宮典仁親王の妹ということから、光格天皇と家治は義理の叔父と甥になり、朝廷と幕府の間は良好であった。

しかし、天明六年（一七八六）家治の死を契機に、幕府との仲に隙間が生まれた。

いや、正確にいうならば幕府が変わった。

「天皇は学問を主にし、政は幕府に任されよ」

禁裏並公家諸法度を盾にする老中首座松平越中守定信は、光格天皇の王政復古を嫌い、抑えつけようとした。

「たかが四位の侍従風情が……」

老中首座といえども、官位は四位でしかない。四位など禁裏に入れば、掃いて捨てるほどいる下級の者でしかない。

幕府の急変に光格天皇が憤った。

「格の違いを思い知らせてくれるわ」

十代将軍家治が存命していたときではなく、今になって実父閑院宮典仁親王に太上天皇号を与えよとの意思表示は、光格天皇の宣戦布告であった。

中山愛親が黙った。

「思わしくないようじゃの」

側近の態度から、己の望みが幕府の強い抵抗に遭っていると光格天皇は気づいた。

「力及びませず、まことに申しわけございませぬ」

中山愛親が詫びた。

幕府への通達は武家伝奏から京都所司代を経て老中へとなされたが、最初に光格天皇の内意を伝えたのは中山愛親であった。

「主上のお望みでござる」

中山愛親は行列も仕立てず、わずかな供を連れただけで京都所司代へ赴き、太上天皇号のことを戸田因幡守に告げた。

これは天皇が勅意として出したものを幕府が拒否することのないようにとの根回しであった。

勅意の否定は天皇の権威を落とすだけでなく、幕府の横暴も天下に示す。なにより、天下に幕府と朝廷の仲が悪いと報せてしまうことになる。

天皇が征夷大将軍を信じて大政を委任している。幕府は天皇の信頼の上になりたっている。もし、天皇が幕府を批判すれば、徳川が政をおこなう大義にひびが入る。

これは天下騒乱のもとになる。

光格天皇も松平定信は嫌っているが、騒動を起こしたいわけではない。

今年で宝算を重ねること十八と若い天皇は、幕府が折れることを望んだだけである。

それを理解している中山愛親は、正式な要求とする前に、幕府が受け入れやすいようにと下交渉をおこなった。

「なにも主上は、閑院宮さまにご加増を望んでおられるわけではございませぬ。もちろんご加増あれば、お喜びになられましょうが、ただ、主上は形だけでよいと仰せでございまする」

中山愛親は、名より実を取ってくれと、戸田因幡守に告げたのだ。

しかし、これが裏目に出た。

戸田因幡守は、松平定信にとって敵の一人であった。主たる敵の松平周防守と水野出羽守を叩き潰し、幕閣から、幕府から田沼主殿頭の色を一掃しようとしているときに、戸田因幡守からの通知は、松平定信の癇に触れた。これが通れば、よろこんだ朝廷は、戸田因幡守を讃え、官位をあげるなどしかねない。

「中山参議さまのご提案を受けるべきと勘案いたしまする」

「そのようなもの認められぬ。太上天皇号は、天皇の位に就かれたお方だけに許された格別なものである。それを天皇の父だというだけの親王家に認めるわけにはいかぬ」

にべもなく松平定信が拒否した。

「あまりである」

もちろん内々の返答であるが、一顧も与えない拒絶は、中山愛親をして慨嘆させた。

「朕《ちん》の内意をなんだと考えおるか」

涙を浮かべながらの報告を中山愛親から受けた光格天皇が慨嘆した。

「父一橋民部に大御所称号を」

その直後、十一代将軍家斉が言い出した。

「なんということだ」

松平定信がほぞを嚙《か》んだ。朝廷の望みを断ってすぐに、幕府の要望を出す。いかに力関係は上だとはいえ、無理であった。

実際の権では幕府がはるかに強いが、名前だけならば朝廷が格上になる。

「そのようなこと奏上できませぬ」

松平定信からの指示を受けた戸田因幡守が拒んだ。当たり前であった。

「………」

さすがに松平定信も無理押しできなかった。

「できぬというか。躬は将軍である。その将軍の望みを果たせぬようでは、執政の地位を与えておけぬ」

その松平定信を家斉が脅した。

「今しばしのご猶予を」

老中首座とはいえ、家臣に過ぎない。たとえ、己が八代将軍吉宗の孫で、家斉が玄孫と血筋で優っていても、臣籍に降りた以上は抗《あらが》いようがない。

「越中守を罷免する」

家斉が宣するだけで、松平定信は老中を辞めなければならなくなる。

「白河を取りあげ、棚倉《たなぐら》へ移す」

奥州街道の要路で穀倉地帯でもある白河から、隣の山間の難地棚倉へ転封されても文句は言えない。

懲罰と陰口をたたかれるくらい棚倉移封は厳しい。表高は六万石だが、実高は五千石ていどしかないのだ。転封されれば松平家の財政は数年で破綻する。

泰平が続き武は遣われず、知も前例に抑えられている。どれほど強かろうが、賢かろうが、金がなければ、なにもできない世なのだ。

己を将軍継嗣候補となれる田安家から、白河藩松平家という家臣の養子にした怨敵田沼意次に媚びを売り、賄賂を渡してようやく老中になった松平定信である。将軍にはなれなかったが、執政として実際の政は吾が手にあるとの自尊心を守るため、宿敵田沼意次の復活を邪魔するためにも、家斉の機嫌を損ねるわけにはいかなかった。

「京へ行け。行って朝廷、禁裏の弱みを握れ」

松平定信が鷹矢を京へやったのは、そのためであった。

もちろん、そのような権術謀略を生業にする公家に気づかれていないはずもない。

「禁裏付はどういう奴じゃ」

光格天皇が訊いた。

「若年者だそうでございまする」

「朕よりもか」

答えた中山愛親に、光格天皇がさらに問うた。

「いえ。さすがに主上よりは八歳ほど上でございまする。ただ……」

「ただ、なんじゃ」

「儀式儀典に暗く、世慣れてもおりませぬ」

「さほどの者ではないと」

「ご賢察でございまする」

中山愛親が光格天皇の意見を肯定した。

「ならば気にするほどではないの」

「はい。あの禁裏付より、東町奉行が怖ろしいかと存じまする」

「東町奉行は誰であったか」

光格天皇が首をかしげた。

「主上がお気になさるほどの者ではございませぬ」

中山愛親が首を横に振った。

武家ならば諸太夫以上、五位の筑後守といえば、相応の身分になる。なにせ老中でさえ四位侍従でしかなく、ようやく御三家で従三位なのだ。しかし、五位など朝廷では、雑用係よりちょっと上でしかなかった。

「そうか。ならば聞かずともよい」

光格天皇が質問を撤回した。

「愛親」

「はっ」

声をかけられて中山愛親が平伏した。

「朕は父への孝行がしたい。本来であれば、朕ではなく父が即位をしていたはずである」

血筋からいえば、光格天皇よりも閑院宮典仁親王のほうが、一代天皇に近い。ただ、後桃園天皇の欣子《よしこ》内親王を中宮にするという条件が、すでに正室を持っている閑院宮典仁親王を排し、光格天皇を選んだ。光格天皇が、父に対し引け目を感じていても無理のないことであった。

「帝のお心、愛親……」

言いかけた中山愛親が身を震わせて絶句した。

「よい。下がれ」

「…………」

なにも言えなくなった中山愛親に光格天皇が手を振った。

「公家はんも大変や」

光格天皇の右、御簾《みす》が降りている外から声がした。

「感動してへんかっても、涙流さんならん」

「言うてやるな。土岐《とき》」

あきれた声を出した土岐を光格天皇が宥《なだ》めた。

「中山にしてみれば、立身の好機だからな」

光格天皇が口の端をゆがめた。

「三位が二位になったちゅうても、実入りが増えるわけやおまへんのに」

廊下に潜んでいる土岐が嘆息した。

「たしかにな」

光格天皇が同意した。

「千年以上前から決まっている家格があるゆえな。中山の羽林《うりん》家では、大臣にはなれぬ。一代の寵愛を得ても大納言がいいところだろう」

羽林とは公家の家格の一つである。摂家、清華《せいが》、大臣家の下で近衛《このえ》少将、中将を主とし、参議などを兼ねる。公家のなかの武官であり、極官は大納言である。

「大納言までいかはっても禄は増えまへん」

土岐が冷たく言った。

「それだからだ。入るものは増えぬ。実がないならば、名を求める。人の欲はそういうものであろう」

光格天皇が小さく首を振った。

「名前で腹は膨れまへん」

まだ土岐は反論していた。

「で、どうであるか」

もうよいと光格天皇が本題を求めた。

「へい。新しい禁裏付を見てきました」

「若いらしいな」

「あれは青いと言うべきでっせ。若いだけに直情やし、周囲を見ようともせん」

土岐が報告した。

「閑院にいたころの朕のようなものか」

「そうでんなあ。あのころの帝から、食い物の苦労をなくした感じですやろか」

問われた土岐が答えた。

「食べ物苦労……宮家にいたときは、いつも空腹であったな。よく、そなたが足りぬ菜を獲ってきてくれた」

光格天皇が思い出すような顔をした。

「鴨川で捕まえた魚をよう焼きましたな」

同じように懐かしむ口調を土岐がした。

「仏門へ入れられると決まっていた朕が、殺生をしていたわけじゃ」

小さく光格天皇が笑った。

「腹がくちるといつも、入りたくもない仏門へ行かされる身を嘆いたものだ。思うに任せぬ悔しさを噛みしめた。宮家、帝の孫といったところで六男ともなると厄介者でしかなかった」

光格天皇がなんともいえない顔をした。

「坊は、いつもしかめつらしてはりましたなあ」

「未だに朕を坊呼ばわりするのは、そなただけだな」

しみじみと言った土岐に、光格天皇が笑った。

「お生まれのときから知ってますよってに」

「たしかにの。そなたを閑院宮家の仕丁から、引き抜いたのは朕だ」

光格天皇が表情を引き締めた。

「禁裏付は朕と同じか」

「理不尽のなかで生きていくしかないところが似てまんな」

確かめるように訊いた光格天皇に、土岐が応じた。

「越中の手であったな」

「援護のない孤軍ですわ。老中首座どのも無茶しはる」

土岐が淡々と報告した。

「太上天皇と大御所か。どちらも親の気持ちを考えたものだが……天皇と将軍、互いの地位が単なる親孝行を政争の道具にしてしまう」

「しゃあおまへんわな。帝の、将軍の一言で万の人を殺せますねんで。一人のことやおまへん」

　嘆く光格天皇に土岐が厳しい声を出した。

「……きついな」

　光格天皇が肩を落とした。

「しゃあおまへん。帝も将軍も、その座に就いた限りは背負わなあかんもんでっせ」

「………」

　土岐に言われて光格天皇が黙った。

「そこでなりたくてなったわけやないと言われなくなっただけ、覚悟できはったということでんな」

「褒めているのか」

「もちろんでっせ。坊が一人前にならはった。爺はこんなにうれしいことはおまへん」

　土岐が述べた。

「なあ、土岐、いや爺よ」

「なんでおます」

呼びかけられた土岐が御簾ごしに問うた。

「朕のしていることは正しいのか」

真摯《しんし》な声で光格天皇が尋ねた。

「正しいと思いなはれ。思わんと負けまっせ」

土岐が答えた。

「思いこむ……」

「誰が正しいかなんて、神さんでなければわかりまへんがな。帝は神にもっともお近い。なら、坊が正しいと思ってやったらよろし」

土岐が強く言った。

「少なくとも、わいは坊を信じてまっせ。宮家の庭で帝なんぞになりたくないというて泣いてはった坊を」

「坊主にされるのも嫌、帝になるのも嫌……どちらも朕の意とは別のところで決められた。己の命さえ、思うがままにでけへん。こんな不便なものと思うたなあ」

遠い目を光格天皇がした。

「断ることなんぞできん。それが帝の地位。ならばなった以上は全力を尽くそう」

「それでよろし」

宣する光格天皇に土岐がうなずいた。

「頼むぞ」

「廊下の掃除終わりましたよって、これで」

光格天皇の求めに口で答えず、頭を垂れた土岐が去っていった。

「神に近い……神と言わぬところが、爺らしい」

残った光格天皇が呟いた。


禁裏付同心たちに追い払われた松平周防守の家臣たちは、所司代下屋敷が見張られていることを懸念して、一夜を洛中の神社の境内で過ごした。

「なんとか長屋に戻ることはできぬか。このままでは風呂はもちろん、食事さえままなりませぬぞ」

笹山が小田に迫った。

「わからぬでもないが、まだまずい」

小田が首を横に振った。

「五人が禁裏付に顔を見られている。もし、所司代との関係が見つかれば、ただではすまぬ」

「むうう」

笹山が唸《うな》った。

「しかし、このままでは、身体を壊す。万全の態勢を整えなければ、再戦もままなりませぬぞ」

河野も危惧《きぐ》を示した。

「わかっておるが……どうしようもない。宿屋に泊まろうにも一夜ごとに移らねばならぬのは面倒だし、なによりも金がない」

小田が苦吟した。

「金……」

笹山も苦い顔をした。

「一同、どれほど持っている」

言いながら小田が紙入れを出した。

「……拙者は二両二分と一朱、あとは銭が少々」

「こちらは一両と二朱と銭」

笹山が金を数えた。

「……三分と一朱……」

一同が手持ちを口にした。

「合わせても七両に届かぬか。京は諸色が高い。旅籠《はたご》に泊まれば一人一日三百文は要る。七人ならば二千百文……昼餉の代も加えると一日で二分はかかる。二日で一両、国元へ帰る旅費を残せば、遣えるのは四両がいいところだ」

「長く見積もって七日……」

小田の計算に笹山が顔色を変えた。

「これは他になにもないと考えてのものだ。実際はそこまで金は保《も》たぬ」

「……国元への帰国費用を組みこめば……」

川原田が提案した。

「それはならぬ」

強く小田が否定した。

「よいか。我らは京洛の地に屍《しかばね》をさらすわけにはいかぬのだ。任が任だ。いや、京洛だけではない。浜田藩領に入るまでは死ねぬ。死体が残れば、どこからたぐられて主家の名前が出ぬとも限らぬ」

「…………」

主家の名前を出されては、誰も言い返せなくなる。

「全員が無事に国元へ帰る。それを果たしてようやく任を完成させたといえるのだ。儂には、皆を帰す義務がある」

小田が告げた。

「……小田どの」

笹山が感動の表情を浮かべた。

「とりあえず、宿をとる。そこから人をやって佐々木どのと連絡を取ろう」

疲れ果てた顔で小田が歩き出した。

京に宿屋は少ない。これは京へ人を集めたくない幕府の政策によった。旅籠は二条や四条などにまとまっている他は、小さな木賃宿が点在しているだけであった。

「七名だ。国元へ帰国の途中である」

所司代から離れた四条の宿に小田たちは入った。

「これを所司代用人佐々木どのへ届けてもらいたい」

もし鷹矢に見張られていては佐々木を巻きこむ。小田は目立たないように他人を使った。

「へえい」

いくばくかの心付けとともに渡された書状を、宿の小僧が受け取った。

「…………」

一刻（約二時間）ほどで書状の返事として佐々木が宿を訪れた。

「申しわけもござらぬ」

不機嫌な佐々木に小田が頭を下げ、残り六人も倣《なら》った。

「宿の者を所司代まで寄こすとは……おろかなまねをするな。所司代の門番同心は、当家の家臣ではないのだぞ。口を封じることはできぬ」

佐々木が小田を叱った。

「この宿から儂に手紙が来たことを門番同心は知っている。もし、宿を調べられたら、おぬしたちが泊まっていたと知られる。儂とおぬしたちのかかわりを報せたも同然じ

「……気付きませせなんだ」

貧すれば鈍する。佐々木に指摘された小田が顔色をなくした。

「なにより、たった一人を七人がかりで仕留められぬとは、情けないにもほどがある」

「…………」

「事実に小田はなにも言えなかった。

「当家とのかかわりは一切断ってもらう」

「それは……」

冷たい佐々木の宣言に、小田が悲壮な声をあげた。

「己の失敗を尻拭いさせようと考えおるか」

「そんなつもりはございませぬ」

侮らないで欲しいと小田が否定した。

「ならば用はなかろう。もう呼び出してくれるな」

「あまりでございましょう」

佐々木の態度に笹山が憤慨した。

「笹山。抑えよ」

小田が制した。

「しかし……」

「佐々木どのの言われる通りだ。失敗したのだ。我らは」

「ううう」

しかたないと言った小田に、笹山が無念そうに唸った。

「わかったならば、さっさと任を果たして京を出ていってくれ」

話はないと佐々木が腰をあげた。

「お待ちを」

小田があわてた。

「なんじゃ」

立ったままで佐々木が他人を使うのは悪手だと叱った。

「くっ……」

上から見下ろす。かなりの無礼である。さすがに温厚な小田が佐々木を睨んだ。

「…………」

小田の眼差しなど気にもしていないと言わんばかりに、佐々木は無言であった。

「一つだけ、手助けをお願いする」

悔しさを隠して、小田が頭を下げた。

「……手助けだと」

「どこか決行の日まで滞在できる場所をご手配願いたい」

「ねぐらか」

「このままでは、金が続きませぬ。かといって野宿は目立つ」

確認した佐々木に、小田が述べた。

京で侍が七人も神社や寺の境内で野宿していれば、すぐに町奉行所へ通報がいった。

「野宿では主家の名前を出すわけには参りませぬ」

町奉行所の捕り方と出会ったときに、松平周防守の家臣だとはいえない。主持ちが野宿をするなどあり得ないからだ。それこそ、家臣に満足な旅費も支給していないと主家の大恥になった。

「浪人では、町奉行所に抗えませぬ」

主持ちだからこそ武家である。主家の名前を出せない者は、すべて浪人として扱われ、浪人は町奉行所の管轄で、その命にしたがわなければならなかった。

「………」

「なにとぞ、なにとぞ」

まだ無言で見ろしている佐々木に、小田が手を突いた。

「小田どの」

「そこまで……」

平伏に近い姿を取った小田に、笹山たちが驚愕した。

「主命のためだ」

小田が騒ごうとした一同を制した。

「……お見事なお覚悟と褒めるべきなのだろうが……一度で果たせなかった以上、吾が身かわいさの醜態にしか見えぬわ」

佐々木が冷たく言った。

「きさま……」

さすがに辛抱しきれなくなった笹山が、腰を浮かせた。

「だが、同じ主持ちの身。わからぬでもない」

「では……」

佐々木の言葉に、小田が顔をあげた。

「ここへ行け」

出した懐紙に佐々木が矢立の筆で文字を記した。

「なにかのときに役立とうと用意してあった空き家じゃ。掃除もしてはおらぬが、しばしの間ならば過ごせよう」

所司代の用人ともなると、表だけでなく裏の仕事もある。公家との密談など、他人の目につかぬ場所の確保も用人の器量であった。

「できるだけ目立たぬように。あと、さっさと出ていってくれ」

「かたじけなし。この恩は忘れませぬ」

釘を刺した佐々木に、小田が深く頭を下げた。

第三章　江戸の手

一

江戸と京都はおよそ百十三里（約四百五十二キロメートル）ある。通常、庶民はこれに十日かける。それを徒目付《かちめつけ》津川一旗《つがわいっき》は、わずか五日で走破した。

「箱根の関所がなければ、もう半日縮められたものを。少し遅れたために関所の門が閉まって、一夜を無駄にしたわ」

文句を言いながら、津川一旗は江戸に入ったその足で、八丁堀にある白河藩松平家の上屋敷へと向かった。

老中は忙しい。そのくせ、変な慣習のため江戸城での執務は短い。

上役が長く仕事をしていれば、下役は帰るに帰れない。やることはすませていても、老中を残して下城するわけにはいかない。だから、早目に下城してやるのが、上としての気遣いである。

老中は昼八つ（午後二時ごろ）には、江戸城を出なければならなかった。

慣例だからといって、老中の仕事が八つまでに終わるはずはない。

当然、残った仕事は己の屋敷でこなすことになる。となると勘定奉行や代官などを仕事の関係で呼び出すことも出てくる。

結果、老中に任じられた者は、江戸城至近の場所へ上屋敷を移される。

「八丁堀にござれば、不要でござる」

田沼意次を蹴落として老中首座にのぼった松平定信は、他の老中たちから勧められた大手前への上屋敷移転を拒んだ。

「面倒な引っ越しなどやっておられるか」

松平定信は大手前の屋敷を賜るという栄誉よりも、引っ越しのために取られる手間を嫌った。

「殿、津川がお目通りを願っておりまする」

屋敷の書院で持ち帰った書付を処理していた松平定信に、用人が声を掛けた。

「一旗がか。すぐにこれへ」

松平定信が命じた。

「お邪魔をいたしまする」

書院前の廊下で津川一旗が平伏した。

「入れ。そこでは話が遠い」

「はっ」

招かれて津川一旗が応じた。

徒目付は目通りのできない御家人身分である。本来ならば、老中首座で八代将軍吉宗の孫である松平定信と同じ座敷など許されるものではない。しかし、松平定信がまだ田安賢丸だったころにお付きとして仕えていた津川一旗、霜月織部《しもつきおりべ》、二人の徒目付はそれを認められていた。

「まずご苦労であった」

己の屋敷に帰って風呂へ入り、身なりを整えることもなく、旅塵にまみれた姿で顔を出した津川一旗を松平定信がねぎらった。

「畏れ多いことでございまする」

津川一旗が感激した。

「膳を出してやれ」

「それは……」

近習《きんじゅ》に指示する松平定信に津川一旗が驚いた。

「どうせ昼餉を摂《と》ってもおらぬのだろう」

「……はい」

少しでも早く江戸へ着くため、昼餉はおろか休憩さえ取っていない。津川一旗が首肯した。

「それに報告をすませて屋敷へ帰っても、夕餉はあるまい」

「そうでございますが……」

松平定信が言うとおりであった。もともと百五十俵ていどの御家人なのだ。屋敷にいるのは昔からいる女中と小者だけである。しかもいつ戻ると連絡をしていない。いきなり帰っても飯の用意などされているはずはなかった。

「喰っていけ。これくらいしかしてやれぬ」

「越中守さま」

言った松平定信に、津川一旗が打ち震えた。

「ゆっくり飯を喰えるよう、今のうちに、京での話を聞かせてくれ」

「はっ」

平伏から背筋を伸ばして、津川一旗が京での話をした。

「松平周防守の家臣どもが、戸田因幡守のもとを訪ね、そのような話をしたか」

津川一旗が所司代役屋敷の床下に潜んで聞いてきたことに、松平定信が頰をゆがめた。

「禁裏付を襲うつもりでございまする」

津川一旗が告げた。

「あやつは、典膳正は、剣術を遣えたか」

「いいえ。その辺りの旗本よりはましというていどでございましょう」

巡検使のときに警固をしている。津川一旗は首を横に振った。

「勝ちは望めぬな。生き残るくらいはどうじゃ」

「向こうの数が多すぎまする」

無理だと津川一旗が否定した。

「手を貸してやらねばならぬな」

「はい。早急に警固役を何名か出さねばなりませぬ」

津川一旗が松平定信に同意した。

「行ってくれるか」

「御命とあらば」

松平定信の問いかけに、津川一旗がうなずいた。

「問題は、名分じゃの」

「はい。いかに徒目付とはいえ、そうそう京にはおれませぬ」

津川一旗が難しい顔をした。

徒目付は目付の配下で、主として御家人の非違監察をした。

「隠密《おんみつ》御用とするには、目付の許可が要る」

松平定信が腕を組んだ。

徒目付のなかで、とくに武芸に優れた者は隠密御用を受けた。とはいっても伊賀組《いがぐみ》のように老中が直接支配できるものではなく、目付が要りようと考えなければならなかった。

また目付は若年寄の支配で、老中といえども命令を出すことはできなかった。

「……………」

案がない津川一旗が沈黙した。

「京へやるだけの理由か……」

「徒目付でなくともよろしゅうございまする」

役目を替えてもいいと津川一旗が述べた。

「京へいくとなれば、禁裏付与力か、所司代与力、町奉行所与力しかないが、どれも身分が低すぎる」

江戸の与力はおおむね二百俵ていどだが、地方だと八十俵から百俵ていどに減る。

また、徒目付に比べると大幅な格落ちになった。

「わたくしはそれでも」

「馬鹿を言うな」

構わないと言いかけた津川一旗を松平定信が叱った。

「余をそこまで情けない男にするな。他人を道具として使い、実りのためならなんでもする下郎に落ちる気はない」

「申しわけございませぬ」

怒る松平定信に、津川一旗が謝罪した。

「……いや、こちらが悪かった。せっかく気遣ってくれたというに怒鳴るなど、あるまじきことであった。恥じ入る」

「……ど、どうぞ、頭を上げてくださいませ」

頭を垂れた松平定信に、津川一旗が焦った。

「誰か」

松平定信が手を叩いた。

「お呼びでございましょうや」

すぐに襖が開いて近習が顔を出した。

「徒目付の霜月織部をこれへ」

「はっ」

近習が去っていった。

「霜月を」

「ああ。二人で思いつかぬのならば、三人で考えればいい。三人寄れば文殊の知恵というであろう」

確認された松平定信が言った。

「その間に、膳をすませておくがよい。余も残っている仕事を片づける」

「では、一度失礼をいたしまする」

書付へ目を落とした松平定信に一礼して、津川一旗が下がった。

半刻（約一時間）と少しして、霜月織部が白河藩上屋敷へとやって来た。

「なにかごようでございましょうや……」

やはり廊下で手を突いた霜月織部が、なかへ目をやった。

「一旗ではないか。帰ってきていたのだな」

霜月織部が津川一旗に気づいた。

「ああ、つい先ほど戻ったところだ。越中守さまへご報告を申しあげていたら、織部を呼べとなったのだ」

津川一旗が経緯をざっくりと説明した。

「京でなにがあった」

霜月織部の表情が引き締まった。

「…………」

「話してやれ」

無言で許可を求めた津川一旗に、松平定信が許した。

「……ということよ」

「愚かとしか言いようがない」

霜月織部が吐き捨てた。

「まず、そのていどのことで越中守さまの足を引っ張れると考えている点」

「ああ」

津川一旗がうなずいた。

「そして、禁裏付を殺せば、それをきっかけに越中守さまが京都所司代に介入できると気づいていない点」

「まったくな」

もう一度津川一旗が霜月織部に同意した。

「手厳しいの」

二人の戸田因幡守への評価に、松平定信が苦笑した。

「だが、そのとおりだ。そなたたちにわかることさえ、気づかぬ。戸田因幡守が暗愚なのはわかっている。田沼主殿頭の袖にすがっていなければ、未だに奏者番だったろう」

奏者番は譜代大名が最初に任じられる役目である。将軍に目通りをする大名、旗本の紹介、献上物のお披露目を主たる任にする。ここで能力を認められると寺社奉行に抜擢され、そこから若年寄、側用人《そばようにん》などを経て大坂城代、京都所司代へと出世していく。

事実、戸田因幡守も明和《めいわ》七年（一七七〇）に奏者番、安永五年（一七七六）寺社奉行、天明《てんめい》二年（一七八二）大坂城代、そして二年で京都所司代に異動している。田沼意次が老中格になった明和六年（一七六九）以降、戸田因幡守の出世が始まっていることから、あからさまな贔屓《ひいき》を受けていたことがわかる。

「暗愚な主をいただくならば、家臣たちが賢くなければならぬ。松平周防守の使者など因幡守に会わせず、追い返さねばならぬ。それが家臣の役目だ。当主を助けるのは家を守るに繫がる。それくらいのことに気づかぬていどの家中しかおらぬとは、因幡守が哀れであるな」

松平定信が小さく首を左右に振った。

「で、わたくしどもはいかがいたせば」

来たばかりの霜月織部が問うた。

「それに困っておるのだ」

松平定信が苦心の内容を告げた。

「わたくしどものことなどお気になさらずとも」

津川一旗と同じことを霜月織部が言った。

「うれしいが、それはできぬ。そなたたちに無理をさせている余のせめてもの歯止めだと思ってくれ」

松平定信が手を振った。

「役目を移すことはする。しかし、家の格と禄だけは減らさぬ。それを気にしなくなったら、配下をものと同じように感じだしたら、余は施政者として終わる。政は人なのだからな。田沼主殿頭のように金で人を引きあげるなどは論外だ。能力のない者が重要な役目に就く。これはその役目が死ぬと同義。いや、死ぬよりも質《たち》が悪い。馬鹿に権力を持たせるほどろくなことはない」

口調を厳しいものに変えて、松平定信が続けた。

「その結果が今だ。幕府に金はなく、役人たちの綱紀は乱れている。庶民どもは金に狂い、正業に励むよりも、ものの売り買いで大きく儲けようとしかせぬ。このままでは幕府は保たぬ。吾が遠祖神君家康公が立てた幕府を千年続けるには、かなり無理をせねばならぬ。百七十年かかってゆがんだものをもとに戻すには、その半分の期間が要る。だが、今の幕府に八十年を耐える力はない」

「……………」

津川一旗と霜月織部が聞き入った。

「余が執政筆頭でいられるのは、せいぜい五年」

「そのようなことは……」

「越中守さまなしで、幕府は成り立ちませぬ」

二人が声をあげた。

「いいや事実だ。余は上様に疎まれておる」

松平定信が断言した。

「まさか……」

「越中守さまを老中首座になさったのは上様でございましょう」

ふたたび二人が否定した。

「上様にとって、余は目の上のこぶよ。なにせ、上様と十一代将軍の座を争ったのだからな」

「…………」

松平定信の言葉に、二人が黙った。

「しかし、越中守さまは白河へ出されたではございませぬか」

「さようでございまする。十一代将軍の座には上様がお就きになられた。もう、これは返りませせぬ」

霜月織部と津川一旗がすんだことだと述べた。

「たしかに将軍継承争いはすんだ。余の惨敗という形でな」

松平定信が二人の言を認めた。

「しかし、あらたな争いが始まっている」

「越中守さまと上様の間ででございまするか」

「一体なにが原因でございましょう」

口にした松平定信に、二人が首をかしげた。

「施政者としての質だ」

「それは……」

「…………」

言った松平定信に二人が絶句した。

「上様はお若い。お若いとどうしても権を遣いたがられる。すでに上様にはその気配がある」

「大御所号でございますな」

津川一旗が応じた。

「そうだ。上様のご実父とはいえ、一橋民部卿は将軍家お身内だが、御三家のように独立した大名でもない。その御三卿に大御所号など、秩序を乱す以外のなにものでもない」

「はい」

「仰せの通りでございまする」

松平定信に心酔している二人は、素直にうなずいた。

「それがわかっておらぬ。いや、わかっていてもできると思っておられるのやも知れぬ。なにせ上様は征夷大将軍であらせられるからな」

「将軍親政を……」

霜月織部が松平定信を窺った。

「………」

無言で松平定信が肯定した。

将軍親政とは、将軍自らが政務を執ることである。すべての案件に目を通し、理解した上で認証する。正しい政の姿勢ではある。将軍はすべての政の責任者だという点からいけば、そうすることが理想であった。

しかし、天下の政は多い。すべてに将軍の目が入るとなると、たちまち流れが滞ってしまう。大事なところだけを押さえ、それ以外は老中たちに任せる。それがもっとも政をうまく回すための方法である。

八代将軍吉宗が将軍親政をした。そして傾きかけていた幕府を建て直し、中興の祖と讃えられている。家斉はこれを聞かされて育った。家斉は吉宗を目標としていた。

「余もかつては祖父吉宗さまの政が最高だと思っていた。ゆえに、老中が勝手に政を進める田沼主殿頭のやり方を憎んだ。だが、執政になってみると将軍親政がどれほど手間を取るものかがわかった。あれは無理だ。今になって思うと、吉宗さまが早々と将軍を家重さまに譲られたのは、それに気づかれたからではないか」

七代将軍家継《いえつぐ》が跡継ぎを作らずに死んだ後を受けて、紀州徳川家から八代将軍となって入ったのが吉宗であった。

吉宗は将軍になるなり、執政衆からすべて将軍の指示に従うという誓約書を取り付け、思うように政を始めた。紀州徳川光貞《みつさだ》の四男で藩主にもなれないはずの厄介者から当主になり、破綻しかけていた紀州家の財政を好転させたという実績と自負が吉宗をして将軍親政に走らせた。

たしかに倹約令、上米令など、吉宗の施策で幕府の財政は一息吐いた。代わりに吉宗のおかげで幕府に戦費がないことを天下に示してしまった。

武力で天下を抑えつけていた幕府に戦うだけの金がない。

さすがにいきなり謀叛を起こす大名などはいなかったが、幕府絶対という雰囲気は確実に緩んだ。

それが影響したのかどうか、三十三歳で将軍に就任した吉宗は二十九年間の在位、六十二歳で隠居した。将軍の座を譲ったのちも大御所として政に口を挟んでいた。

「大御所になっても同じことをしていたのならば、将軍のままでいればすんだ。いや、そのほうが費用がかからなかっただろう。大御所就任に伴う朝廷や公家への礼金、神社仏閣への寄進はかなりの嵩《かさ》になったはずだ」

そこで松平定信が一度間を空けた。

「………」

津川一旗と霜月織部がじっと松平定信を見つめた。

「まあ、それはいい。問題はなぜ家重さまだったのかということだ」

「どういう意味でございましょう」

「徳川家は長幼の序を重んじるのが決まり。ならば当然の帰結となりませぬか」

二人が松平定信の言いたいことがわからないと述べた。

「失礼ながら、家重さまはお病にて満足におしゃべりになられないお身体であった」

吉宗の嫡男で九代将軍となった家重は、幼少のころ高熱を発して倒れた。命はなんとか長らえたが、言語を発する能力を失い、己の意思の伝達が困難になった。

「将軍親政が正しくとも、家重さまにはできまい」

かろうじて家重の側用人であった大岡出雲守忠光《おおおかいずものかみただみつ》が、その意思をくみ取れたとはいえ、とても数多い政への対応はできない。

「家重さまでなくとも、他に吉宗さまには男子がおられた」

吉宗には家重以外に、御三卿田安家の祖となった宗武《むねたけ》、同じく一橋家を創設した宗《むね》尹《ただ》がいた。二人とも健康にはなんの問題もなかった。

「長幼の序についても、前例はある。神君家康公は、嫡男信康《のぶやす》公亡き後、次男であった秀康《ひでいえ》公ではなく、三男の秀忠《ひでただ》公を跡継ぎとされた」

「それは秀康公が豊臣家の養子となっておられたからでは」

津川一旗が反論した。

「たしかに秀康公は豊臣秀吉公の養子から関東の名門結城《ゆうき》家の跡継ぎになっておられる。他姓を継いだ者は将軍になれぬという前例である」

松平定信が苦い顔をした。

「ならば家重公を養子に出されればすんだ。いくらでも養子先はある。大名が無理ならば、公家でもよかった。そうして次男の田安宗武さまに九代将軍を譲られればすんだ。宗武さまの英邁《えいまい》さは吉宗さまに優るとも劣らなかった」

田安宗武は松平定信の実父であるが、臣下の身分に降りた今は、主筋として敬意を表しなければならない。松平定信は父の名前に敬称を付けた。

「…………」

津川一旗も霜月織部も異論を出さない。

「わかるであろう、これで。吉宗さまは将軍親政を暗に否定されたのだ」

「はい」

「理解いたしましてございまする」

松平定信の説を二人は受け入れた。

「家重さまのおかげで執政は力を取り戻した。そして田沼主殿頭の手腕で家治さまも政には興味をお示しにならなかった」

十代将軍家治は「そうせい侯」と陰口をたたかれるほど田沼意次を信用し、どのような施策も無条件で認めた。

「こればかりは田沼主殿頭の功績だとせねばならぬ」

恨みと嫌悪の対象である田沼意次を褒めた松平定信が、嫌な顔をした。

「それを上様は崩そうとなさっておられる」

一層松平定信が頬をゆがめた。

「若いというのもあるだろうが、なによりも数多い候補のなかから選ばれたという自負が強い」

「将軍にふさわしい。天下を自儘《じまま》にできる……と」

津川一旗が松平定信の顔を見た。

「うむ」

松平定信が正解だと応じた。

「しかし、それには余が邪魔だ」

「…………」

今度は二人も反しなかった。

「大御所称号は、余への挑戦である。できなければ、余は執政失格の烙印を押されて排除される。できれば次の難題が押しつけられる。余が執政を止めるまで続けられるだろう」

「なんということを」

「まことに」

ため息を吐いた松平定信に、二人が憤った。

「だからこそ、京で失敗するわけにはいかぬ。禁裏付を死なせるわけにはな。いや、正確に言おう。そなたたちは余の両腕じゃ。吾が身に偽りを言う意味はない」

二人を信用していると松平定信が述べた。

「畏れ多い」

「ありがたきお言葉」

津川一旗と霜月織部が、頭を傾けて聞く姿勢になった。

「禁裏付が死ぬときは、余の思惑でなければならぬ。余にとってもっとも効果のある形でな」

松平定信が言った。

「では、やはり我らを京へ」

「どうやってだ」

津川一旗の申し出に松平定信が腕を組んだ。

「……武者修行ではいけませぬか」

霜月織部が提案した。

「武者修行……京にか」

松平定信が考えこんだ。

武者修行は、武芸に卓越した旗本、御家人に幕府が認める遊学であった。基本として江戸に詰めていなければならない旗本や御家人からその制限を外し、武芸修練を積ませる。

官費と私費の二つがあり、官費であれば旅費、滞在費などが支給された。

「京には八流《はちりゅう》という武術がございまする」

「八流……」

「はい。鞍馬流《くらまりゅう》とも言われる武芸でございまする」

「鞍馬流だと……源義経公が鞍馬の天狗から学んだというやつか。おとぎ話であろう」

松平定信があきれた。

「いえ、現実のものでございまする。もちろん天狗などはおりませぬ。鞍馬寺の僧兵が使っていた武術とお考えいただければよろしいかと」

　霜月織部が話した。

「なるほど……それしかなさそうだ。他の手段を手配している間がない」

「では」

　納得した松平定信に霜月織部が身を乗り出した。

「書付などはこちらですませておく。さすがに官費にするには、いろいろと面倒ごとがある」

　官費の遊学には、その者の支配頭の推薦がいる。津川一旗と霜月織部の支配頭は目付である。旗本、役人の非違監察を司る目付は老中でも遠慮しない。

「私費にしよう。金は余が出す」

「ありがとう存じまする」

「お願いいたしまする」

　徒目付は薄禄である。とても自前で私費遊学などはできなかった。

「今から行ってくれるな」

「もちろんでございまする」

「用意をすませ、ただちに」

松平定信の求めに、津川一旗と霜月織部が平伏した。

二

禁裏付にふさわしい威容をと広橋中納言から指示された鷹矢だったが、困惑するしかなかった。

「人手が足りぬ」

急な京への赴任は、本来同行させる家臣や小者などと別行動をせざるを得なかった。

そもそも今時の旗本に、軍役どおりの家臣を抱えているところなどない。

これが江戸ならばどうにかなった。

江戸には、人手が足りない武家を相手にする人入れ稼業が何軒もあった。

「若党を二人に中間《ちゅうげん》を五人、頼む」

行列を仕立てなければならなくなった旗本の注文に応じて、一日幾らで人を斡旋《あっせん》する。

もちろん、これも商売である。需要と供給が釣り合わねばなりたたない。武家のほとんどいない京や大坂には、こういった商売はなかった。

「どうすればいい」

鷹矢は頭を抱えた。

「形だけでよろしおますがな」

そんな鷹矢の背中に声がかかった。

「誰だ……おぬしは土岐」

いつの間にか鷹矢の居室前の廊下にまで、土岐が来ていた。

「人手がなさすぎでっせ。ここまで誰にも咎められずに来られましたし」

土岐があきれていた。

「……………」

咎めるか詫びるか、どうすればいいか鷹矢はわからず、黙った。

「武家伝奏はんに言われはったんでっしゃろ」

「知っているのか」

あの場には広橋中納言と鷹矢しかいなかった。鷹矢は驚いた。

「訊かんでもわかりまんがな。わいは御所の仕丁でっせ。禁裏付はんの届けが出てないことも、知っていて中詰の連中が黙ってたことも」

「なぜ教えてくれなかった」

告げる土岐に、鷹矢が文句を言った。

「問われもせんのに、口出しできまっかいな。そんなことしたら、余得や言うて昼飯あさっている中詰の連中に恨まれまんがな」

土岐が手を振った。

「…………」

鷹矢はそれ以上言えなかった。

「で、届けが出ましたさかいな。ちょっと様子を見にきましてん。なんせ、まんざら知らん仲でもおへんし」

いけしゃあしゃあと土岐が口にした。

「…………」

今度は鷹矢があきれた。

「で、行列のことでっしゃろ」

「そうだ」

「形だけでよろしおすか」

土岐が念を押した。

「かまわぬ。ここで家臣を求めるわけにはいかぬ」

家臣を抱えるといろいろな義務が生じる。役目がすんだからと放逐するわけにもいかなくなる。

「どんだけ要ります」

土岐が問うた。

「禁裏付にふさわしい数を願いたい」

訊かれた鷹矢が答えた。

「となると槍持ち一人、士分二人、中間二人、挟箱《はさみばこ》持ち一人、草履取り一人。あと陸尺《ろくしゃく》が二人」

「そんなに……」

鷹矢が驚いた。

「これでも最低でっせ」

「陸尺ということは、駕籠も要るのか」

「当たり前でんがな。禁裏付はんは、従五位下典膳正でっせ。そのへんの地下人やおまへんねんで。己の足で歩いてどうしまんねん」

驚いた鷹矢に、土岐が言い聞かせた。

「むううう」

鷹矢がうなった。

「なんでんねん」

土岐が鷹矢の態度に首をかしげた。

「駕籠では、なにかあったときの対応ができぬ」

「なにがおますねんな」

述べた鷹矢に、土岐が尋ねた。

「不意を突かれるとか、大人数で襲われるとか」

「そんな剣呑《けんのん》なこと、都でおますかいな」

鷹矢の懸念を土岐が一蹴《いっしゅう》した。

「そうは言うが……いや」

先日の襲撃を話そうとして、鷹矢が口を噤《つぐ》んだ。

「なんぞ、おましたな」

土岐が感づいた。

「なんでもない」

鷹矢が否定した。

「……まあ、よろしいわ。誰にでも訊かれたくないことくらいおますからな」

あっさりと土岐が退いた。

「気になるんやったら、駕籠脇にだけ武家を雇いなはれ」

「武家を雇う……京でそのようなことができるのか」

鷹矢が興味を持った。

「京では難しいでっけどな。大坂やったらできまっせ」

「大坂か……」

「京からやったら一日や。すぐですがな」

声の調子を落とした鷹矢に、大した手間ではないと土岐が言った。

「大坂にはいい武家がおるのか」

「町道場の師範代を期限付きで雇いますねん」

「剣術道場の師範代か。それならば」

鷹矢が興奮した。

「それなりの日当は要りまっせ。泊まるところも。なんせ、大坂から京へ通うわけにはいきまへんねんで」

「金がかかるな」

喜んだ鷹矢が沈んだ。

禁裏付には八百俵が支給されている。これは京での滞在と公家たちとの交流の費用が含まれていた。

「年間三十俵も出してやれば、いくらでも集まりますわ」

「三十俵と宿……」

鷹矢があたまのなかで計算した。

「どないします。行列の供も師範代も、手蔓《てづる》はおます。お手伝いしてもよろしいで」

土岐が鷹矢を誘った。

「そうだな」

「いけませぬ」

了承しかけた鷹矢を、女の声が遮った。

「南條どの」

鷹矢が声の主に気づいた。

「……………」

土岐が一瞬だけ眉をひそめた。

「これは弾正大忠はんとこの二の姫はん」

すぐに普段の飄々《ひょうひょう》とした顔に戻った土岐が、温子に笑いかけた。

「行列の人手はこちらで手配いたしまするゆえ、お気遣いは無用」

武家のような固い語調で温子が、土岐の提案を拒んだ。

「あてがおますんか。ああ、二条さまとこの松波はんですな」

土岐が推測した。

「当家のこと。あなたにはかかわりございませぬ」

温子が詳細を拒否した。

「当家……いつのまに禁裏付はんとこのご内所にならはったんでっかいな」

土岐が言い返した。内所は武家でいうところの家政であり、転じて妻を意味した。内証とよく似ているが、内証はお金の出入りにかかわることを示し、内所はそれも含めたすべてを表していた。

「……それは」

痛いところを突かれた温子が助けを求めるかのように、鷹矢を見た。

「南條どのは、当家の内証を預かってくれている。いわば用人のようなものだな」

襲われたところを助けてくれたに等しい温子を鷹矢は深く信頼するようになっていた。

「用人と……ほう、そこまで信頼されてまんのか」

土岐が感心したように温子を見た。

「用人……」

温子が情けなさそうに嘆息した。

「信頼だけでっかいな。もう一つはまだ」

すぐに土岐が温子の様子を読み取った。

「弾正大忠の二の姫はん」

「父の官位は無用です。南條と呼んでけっこう」

呼び方に温子が注文を付けた。

「そんなもん、仕丁風情が、弾正大忠さまのお名前を呼び捨てになんぞできまっかいな。それも次の朝議で蔵人へ出世しはるともっぱらの噂のお方を」

「……くっ。なぜそれを」

口の端を吊り上げる土岐に温子が息を呑んだ。

「蔵人への出世」

鷹矢が温子を見た。

「まだ本決まりではおへん」

慌てた温子が、普段のしゃべり方に戻っていた。

温子を鷹矢への人身御供《ひとみごくう》として差し出す代わりに、二条家は次の朝議で南條家を実入りのまったくない弾正大忠から、余得の多い蔵人へ推薦するとの約束がなされていた。

「どこで知ったんや」

鷹矢に聞こえないていどの小声で、温子が土岐に問うた。

「隠し通せると思ってることに驚きやわ。公家ほど他人の動向を気にする者はいてへん。ほして他人の出世ほど嫌いなもんはないのが、公家や。気いつけなはれ。邪魔が入るかも知れへんで」

土岐が笑った。

「…………」

事実に温子が黙った。

「さて、二の姫はん」

土岐が温子の呼び方を決めた。

「なんですのん」

素で温子も応じた。

「行列の人手は松波雅楽頭はんでもできまっしゃろ。でも、駕籠脇警固の侍は伝手《つて》がおますか」

「雅楽頭さまなら、誰ぞ知ってはるはず。雅楽頭はんほど京で顔の広いお方はいてはらへん」

無理だろうと言われた温子が、なんとかなると返した。

「京都の武家なんぞ、みんな所司代の息がかかってまっせ」

土岐が鷹矢へと顔を向けた。

「所司代のか……」

「京は浪人の滞在を禁じてますよってな。剣術道場の主はまず浪人でっさかい。京に腰を据えるならば、所司代の許可が要りますねん。長宗我部《ちょうそかべ》はんのことがおますさかい」

「長宗我部……」

土岐の話に出てきた名前に、鷹矢が引っかかった。

「土佐の長宗我部はんでんがな、ご存じおへんか」

まるで隣人のように土岐が言った。

「吾の知っている長宗我部は戦国の武将で土佐一国の主であった御仁だが」

なにかまちがっているのだろうかと鷹矢がおずおずと口にした。

「そうでんがな。その長宗我部はんですがな」

「…………」

親戚か知人のように言う土岐に、鷹矢は驚いた。

「関ヶ原の戦いで負けた長宗我部はんは、土佐を取りあげられて京で幽閉されてはりました」

「聞いたことはある」

　徳川の家臣にとって、家康を天下人にした関ヶ原は重要なできごとである。ほとんどの旗本では、先祖の功績話として関ヶ原の合戦前後が代々語り継がれていた。

「もう一人の禁裏付はんのお屋敷のある相国寺《そうこくじ》に近い柳之厨子で蟄居《ちっきょ》させられていた長宗我部はんは、大坂で戦いが始まると聞いて脱出、旧臣を集めて徳川の敵にならはった」

「うむ」

　土岐の説明を鷹矢は認めた。

「結果は負けはったんやけど、河内《かわち》でそこそこ活躍しはったみたいですな」

「ああ。長宗我部の兵はなかなかに強かったらしいな。藤堂和泉守高虎《とうどういずみのかみたかとら》さまの勢が破られた」

　大坂の東南、大和から進軍してくる家康を迎え撃つため、長宗我部は木村重成《きむらしげなり》らと協力して河内へと進軍、先鋒として進軍していた藤堂勢と遭遇、激戦の後これを敗退させていた。

「それに懲《こ》りはったんでしょなあ。長宗我部はんを見張ってはった京都所司代板倉伊《いたくらい》賀守勝重《がのかみかつしげ》はんの顔丸つぶれですし」

「なるほど」

鷹矢は納得した。

「しやさかい、京で剣術道場を開くには所司代はんのご機嫌を伺わなあきまへんねん」

「紐《ひも》付きは嫌だな」

京都所司代とは対立している鷹矢は嫌な顔をした。

「………」

温子が土岐をにらみつけた。

「二の姫はん、そんな目つきしてはったら、男はんが逃げまっせ。もし、閨でその目で男を見たら、勃《た》ってたもんでもしおれますわ」

「な、なにを」

下卑たたとえながら刺さる比喩を受けて温子が顔を伏せた。

「急ぎでっしゃろ」

土岐が鷹矢を見た。

「明日からでも欲しい」

いつまでも行列なしでは、幕府の権威にもかかわる。鷹矢一人でも困らないのだが、それを押し通すわけにはいかなかった。

形から入る。

京ではそれが必須であると鷹矢は悟っていた。

「さすがに明日は無理でっせ」

土岐が無理だと首を横に振った。

「雅楽頭さまならば、行列を仕立てるくらい、一日もあれば」

温子が勢いこんだ。

「ふむう」

鷹矢は思案した。

「ならば、南條どのに行列仕立てをお願いしよう」

「ほな、剣術遣いはこっちが手配するでよろしいいな」

言い出した鷹矢に、土岐が先回りした。

「頼めようか」

「任しておくれやす。日当のあんまし高くない腕利きを呼んできまっさ。近々に大坂へいてきますわ」

土岐が応じた。

「南條どの」

「……これを」

鷹矢に合図された温子が、嫌そうな顔をしながら、懐《ふところ》から一両小判を一枚と二分金を一つ出した。

「旅費でっか、小判とは豪勢やなあ」

仕丁の禄は五石二人扶持《ぶち》と、食べていけるぎりぎりである。これは幕府でもっとも貧しいと言われる伊賀者同心の三十俵二人扶持よりも少ない。実際はいろいろな余得があるとはいえ、小判を手にすることなどまずなかった。

「なにを言うてはります。小判は剣術遣いはんへの支度金ですえ。あんたはんの旅費は、その二分金。余りを返せとは言いまへん」

温子が指摘した。

「残りは心付けですかいな。大坂までやったら夜に出たら早朝に着く。朝の内に用をすませてしまえば、泊まりをせんですむ。行きの三十石船の代金だけ払《はろ》うてしまえば、一分三朱は残る。ありがたいこっちゃ」

土岐がお金を押しいただいた。

「さて、これで帰りまっさ。典膳正はん、また」

軽く手をあげて土岐が去っていった。

「わたしも雅楽頭さまにお願いしてきますよって」

後を追うように温子も出ていった。

「待ち」

禁裏付役屋敷を出た土岐を温子が呼び止めた。

「知ってまっか。美人ほど真顔は怖いと。そんな顔典膳正はんに見られたらどないしまんねん。外面女菩薩。死ぬまで男を騙《だま》しとおしてなんぼ。わいはご免でんな。二の姫はんを内所に迎えるのは」

土岐が温子の顔を見てため息を吐いた。

「あんたはんに怖がられようが、嫌われようが、どうでもええ」

温子があっさりと土岐の嫌がらせを放り投げた。

「誰の手」

土岐を睨みつけて、温子が詰問した。

「単に世間知らずな典膳正はんが、気に入っているだけですわ」

「そんなわけあらへん。仕丁が金にならんことに手出しなんぞするはずない」

温子が一蹴した。

「よう知ってはりますな。弾正大忠はんとこの姉妹は、美貌で鳴ってましたけど、こりゃ面だけやなかったちゅうわけでっか。二条はんもええのを見つけはった」

土岐が口の端を吊り上げた。

「人身御供には最適や。典膳正はんを操るくらい、二の姫はんには容易」

「黙れ」

道具扱いされた温子が怒った。

「怒りな。少なくとも今は、こっちの思惑とそっちの考えは一致してるねん。禁裏付を幕府への使番、いや盾にしようというのはな」

土岐が表情を消した。

「……何者」

温子が土岐の雰囲気の変化に退いた。

「あんたは男を落とすだけに専念し。あれは頼りない禁裏付やけど、男としてはそう悪くはない。京を離れた後は、きっと穏やかな日々を送れるやろ。これ以上、こっちに踏みこんだら、安眠できる日はなくなるで」

「………」

氷のような目で見つめられた温子が固まった。

五摂家の一つ二条家の屋敷は御所今出川御門を出たところにある。百万遍の禁裏付役屋敷からも近い。

「どうした」

温子の訪問を受けた松波雅楽頭が玄関式台で立ったまま用件を訊いた。

「雅楽頭さまのお力をお借りいたしたく……」

温子が小腰をかがめながら用件を伝えた。

「なるほどな。新たな手の者を送りこむ好機じゃな。わかった。ふむう。急なことゆえ、人選をゆっくりしているわけにはいかぬな。どこぞの寺社から余っている人手を借り受けるしかなさそうだ。すぐに手配するが、さすがに明日の朝は間に合わぬ。帰りを見計らって御所前に行かせておく」

「なにとぞ、よろしくお願いをいたしまする」

温子が礼を述べた。

「それと……」

続けて温子は土岐のことを報告した。

「ふむう、土岐という仕丁……気に入らんの」

松波雅楽頭が顎《あご》に手を当てた。

「じつは、父が二条さまのご推薦で蔵人に移ることも知っておりました」

隠すより話したほうがよいと温子が判断した。

「そうか」

あっさりと松波雅楽頭が流した。

「えっ」

温子が唖然《あぜん》とした。

「隠せるはずもないからの。あらかじめ根回しをしておかねば、本番で邪魔が入る。いろいろな者に手を回しているのだ。漏れていて当然じゃ」

「ああ。ありがとうございまする」

ちゃんと約束を果たそうとしてくれている。温子は感激した。

「よくしてのけた」

松波雅楽頭が温子を褒めた。

「あやうく誰の配下かも知れぬ者の手を禁裏付のもとへ入れさせるところであった。よくぞ防いだ。褒めて取らす」

「畏れ入りまする」

称賛に温子が恐縮した。

「かなり信頼を受けて来たようじゃ。残るは……」

温子の胸と腰に松波雅楽頭が目をやった。

「……つっ」

男の欲望が籠《こ》められた視線を女は本能で感じ取る。温子が身を縮めた。

「安心せい。そなたは禁裏付のものだ。麿は他人のものに手出しをするほど下世話な好みをしてはおらぬ」

「ご無礼をいたしました」

否定した松波雅楽頭に、温子が詫びた。

「できるだけ早く、抱かれよ。夜でなくとも良い。昼間でもやることは同じだからな。女なしでの生活も二月目じゃ。そろそろ禁裏付の男が我慢しきれまい。さりげなく、乳やら尻を見せつけよ」

「……はい」

露骨な言い回しに、温子が赤くなった。

「では、これにて」

いたたまれなくなった温子が二条家屋敷を後にした。

三

若年寄安藤対馬守信成《あんどうつしまのかみのぶなり》の江戸留守居役布施孫左衛門《ふせまござえもん》の娘弓江《ゆみえ》が粟田口《あわたぐち》から京へと入

った。

弓江は鷹矢を幕府側につなぎ止めておくための錘《おもり》として選ばれた人身御供であった。弓江は安藤対馬守の一門で二千石の旗本安藤信濃《しなの》の養女となって、鷹矢のもとへと送りこまれた。

「権太《ごんた》、宿の手配を」

「すでにいたしておりまする」

弓江の指示に権太が答えた。

布施孫左衛門は留守居役である。婚約もすみ、あと一カ月で組頭の嫡男へ輿入《こしい》れするというところで、主命で婚約を破棄、京行きを指示された。

女としてなによりも楽しみにしていた婚礼を無にされただけでなく、顔さえ知らぬ男のいる異国へ行かされる娘のため、父親としてできるすべてを布施孫左衛門はした。

布施孫左衛門は、二条城近くに集まっている旅籠のなかでも名の知れた店を予約していた。

「お出でなさいませ」

「江戸の安藤でござる」

出迎えた宿屋の番頭に、権太が名乗った。

「伺っておりまする」

番頭がていねいに応対した。

「世話になりまする」

弓江も応じた。

「お届けもすませております。幾日ご滞在いただいてもけっこうでございまする」

三之間付の立派な部屋に通された弓江たちに番頭が告げた。

「幾日……届け……」

みょうな言い方に弓江が首をかしげた。

「ご存じおまへんでしたか。京はお定めで、届けを出してないお方は、一夜以外お泊めしたらあかんのですわ」

番頭が告げた。

「それはまたなぜ」

弓江が首をかしげた。

「御上のお定めでございまする」

決まりだと番頭は説明を避けた。

「そう」

それ以上弓江は追及しなかった。

「お湯をお遣いになる前には、帳場へ一言お願いをいたしまする。他のお客さまをお止めいたしますので」

番頭が注意を口にした。

相当大きな旅籠でも、風呂は一つしかないことが多い。武士や女が入浴していると きに、庶民の男が入るともめ事になる。それを防ぐために旅籠では、武士と女を格別な扱いにし、その間は他の者が風呂に近づかないよう女中を一人張り付けていた。

「わかりました。葉《よう》、最初にすませてしまいましょう」

今から入ると弓江が言った。

「明日、お出でになられまするか」

弓江の入浴を助けながら、女中の葉が尋ねた。

「ええ。できるだけ早くすませたい」

弓江が言った。

「では、御駕籠を手配いたしましょう」

葉が述べた。

「ここから禁裏付役屋敷までは近いのでしょう。駕籠を呼ぶほどではありません」

弓江が首を横に振った。

「いいえ。それはなりませぬ」

葉が否定した。

「お嬢さまは、四百石の留守居役の娘ではございませぬ。二千石の大身旗本の姫さまなのでございまする。その姫さまが徒でなど、相手に軽く見られまする」

「軽く見られる」

「はい。それに人との出会いは、最初が肝心でございまする。最初に上に立てれば、後々もこちらの思うように話を進めやすくなりましょう」

葉が提案した。

「そういうものなのか」

弓江が問うた。

「さようで。男と女の間も同じ。初対面で上に立ったほうが勝ちでございまする」

強く、葉が述べた。

「初めての印象が重要……」

弓江が繰り返した。

「……ふん」

湯から上がった弓江は、部屋の床の間に安置されている文箱を見て、機嫌を悪くした。

「家臣の娘を犠牲にする一枚の紙切れ」

「お嬢さま」

憎々しげに文箱を睨む弓江を葉がいさめようとした。

「触りたくもない。権太、そなたが持ちや」

弓江が文箱から目を逸らした。

禁裏付は月ごとに控える部屋が代わる。日記部屋と武家伺候の間を月ごとに交代で詰める。日記部屋のときは、主として蔵人が持ってくる禁裏の内証と呼ばれる収支を監督し、武家伺候の間に詰めているときは、禁裏にいる公家や仕丁などの非違監察をする。

今日から鷹矢は、武家伺候の間の当番となった。

「おはようございまする」

武家伺候の間に入った鷹矢は、中詰仕丁たちに頭を下げた。

「典膳正さま。茶湯をどうぞ」

仕丁たちの対応が違っていた。

「…………」

鷹矢が座るなり、仕丁が黒塗りの漆膳を出した。

大きめの椀に薄茶が半分くらいと小皿に蒸し菓子が二つのせられていた。

「ご相伴をさせていただきまする」

仕丁の一人が、鷹矢の正面に膳を置いた。

「うむ。ちゃんとやってるようやの」

広橋中納言が武家伺候の間に顔を出した。

「これは中納言さま」

鷹矢が姿勢を正した。

「それがあかん。武家伝奏は禁裏付の管轄に入るんや。官位は上でも、禁裏付は武家伝奏を呼びつけなければあかん」

広橋中納言が、鷹矢を叱った。

「気を付けまする」

鷹矢が頭を垂れた。

「気いつけや」

ちらと中詰の仕丁に目をやって、広橋中納言が武家伺候の間から出ていった。

「あらためていただこう」

鷹矢は蒸し菓子に手を伸ばした。

餅米を蒸したものに黒砂糖を練り込み、松の実をのせた菓子はあまりおいしいものではなかった。

「…………」

出されたものに文句を付けてはいけない。鷹矢は無言で菓子を片付け、粘ついた口のなかを掃除するために、茶を含んだ。

「馳走であった」

鷹矢は椀を置いた。

「下げさせていただきまする」

中詰の仕丁が膳を下げた。

「……昼の御膳を」

一刻半（約三時間）ほど経《た》つと、今度は三の膳までついた立派な昼餉が出た。

「ご相伴つかまつりまする」

茶のときと同じ中詰仕丁が、やはり一緒に食べた。

「毒味……か」

ようやく鷹矢は気づいた。

武家は早飯である。これはいつ何時、総登城の触れが出されるかわからないので、すぐに対応できるようにとの意味である。と同時に、いざ鎌倉というとき、空腹では満足に働けないというのを避けるためでもあった。

対して、なにもすることがない公家は、のんびりと食事をする。一気に同じおかずや菜を食い尽くすようなことはなく、箸にのせる量も少ない。

「……………」

禁裏での礼儀礼法に詳しくない鷹矢は、それに合わせた。

おかげで食事を終えるのに、一刻（約二時間）ほどかかってしまった。

「喰った気がせん」

下げられた膳の代わりに出された白湯《さゆ》を喫しながら、鷹矢がぼやいた。

「これが一カ月の間、毎日続くのか。なんの苦行だ」

鷹矢が嘆息した。

禁裏付が帰宅するのは八つ半（午後三時ごろ）と決まっている。昼餉を終えたら、なにもすることなく鷹矢は禁裏を出た。

「典膳正はんでっか」

門を出た鷹矢に、水干《すいかん》を身にまとった中年の男が声をかけてきた。

「いかにも。禁裏付東城典膳正である」

「松波雅楽頭さまのご手配で参りました。大峰《おおみね》でおます」

中年の男が名乗った。

「雅楽頭どのの……では、この行列が」

「へい。これより典膳正はんの送り迎えの供をさせてもらいま」

大峰が手を拡げて、行列を披露した。

「あの槍は、吾のもの」

槍にはそれぞれに特徴がある。

鷹矢の槍は先祖が関ヶ原の合戦で使ったという二間《けん》半（約四・五メートル）の黒塗りの柄に、鹿皮を朱漆で固めた鞘のはまったもので、見慣れた者ならばすぐにわかる。

「役屋敷でご用人はんよりお預かりしてきましてん」

驚いた鷹矢に大峰が説明した。

「あの駕籠も見たような……」

「あれもそうでおます。役屋敷に据えられていたもんですわ。前任の御仁がお遣いやったので、手入れはしっかりできてまっせ」

大峰が述べた。

「これから毎日これで通うのか」

鷹矢は駕籠を前にうんざりとしていた。

上背のある鷹矢にとって駕籠は狭すぎた。

「太刀を抜くどころか、懐刀を遣うのさえ無理だ」

鷹矢は危機感を覚えていた。

懐刀は護身のための武器である。さすがに将軍への目通りのおりは許されないが、老中や若年寄などの幕府高官と会うときでも携帯してかまわない。柄のない七寸（約二十一センチメートル）ほどの刃渡りを持つ小刀であった。

「しゃあおへんな。心配せんでも、暴漢が襲ってきたら、最初に陸尺が駕籠を放り投げて逃げまっさかいな。駕籠のなかにいても気付きまっせ。そこから出ても間に合います。まあ、弓矢、鉄砲やと気づく間もなく終わりですけどな」

あっさりと大峰が告げた。

「それはあまりであろう」

鷹矢があきれた。

「一日三百五十文で命まで差し出せますかいな」

大峰が手を振った。

「行列差配のわたいでそれでっせ。陸尺なんぞ、二人で一日二百文ですわ。それで守れなんて言われても困りますわ。それにわたいらは神社の下働きですねん。朝のお勤めと夕の仕舞いまでの間でできるちゅうから引き受けたんですわ。刀なんぞ奉納されたもんしかみたことおまへん。わたいらに期待せんとっておくれやす」

「…………」

はっきりと内情をばらした大峰に鷹矢はなにも言い返せなかった。

「さっさと乗ってもらわんと夕の仕舞いに間に合いまへんがな。遅れたら宮司はんから嫌み言われますよって」

大峰が急かした。

「ああ」

鷹矢は太刀を抱くようにして駕籠に入った。

「出まっせええ」

大峰が間の抜けた声をあげた。

禁裏付の行列は幕府の権威を示すため、五摂家、宮家の行列と出会っても槍を下げない。また駕籠を降りての礼もしなくていい。同役、あるいは所司代、京都町奉行の行列と出会ったときだけ、駕籠を止め扉を開けて挨拶を交わす。

とはいえ、所司代、町奉行とは御所を挟んで反対になる百万遍の役屋敷である。まず、これらと出会うことはなかった。

「お帰りでっせえ」

すぐに大峰が二度目の声をあげた。

「へええい」

役屋敷の表門が開き、行列はそのままなかへと入った。

「ごくろうだった」

玄関式台に置かれた駕籠の扉が開けられ、窮屈な場所から早く出たいとばかりに鷹矢が飛び出した。

「おかえりなさいませ」

玄関式台の隅に三内と温子が待っていた。

「うむ。今、戻った」

頭をさげた二人に鷹矢が応じた。

「お差し料を」

「ああ」

三内が差し出された太刀を受け取った。

「お客さまがお待ちでございまする」

「客……」

温子の言葉に鷹矢は戸惑った。誰も約束はしていないし、京まで訪ねてくるような知り合いもないはずであった。

「美しい女性《にょしょう》でございまする」

不機嫌な顔で温子が告げた。

「女……誰だ」

鷹矢は困惑した。

「お旗本安藤信濃さまのご息女、弓江さまと。立派なお駕籠でお出でになられました」

「……安藤信濃どの。知らぬな」

温子が出した名前に、鷹矢は首をかしげた。

「客間でお待ちでございまする」

「わかった。着替えの前にすませよう」

鷹矢が言った。

役屋敷には客も来る。幕府への願いを武家伝奏を通さず、禁裏付へ直接言ってくる公家も多い。

格式にうるさい公家である。客間も家格によって差を付けなければならなかった。さすがに五摂家、大臣家への対応は考えなくともよい。用があれば所司代を呼びつけるからだ。禁裏付に来るのは、名家、羽林家、半家などの公家中級以下ばかりだが、それにも区別を付けなければならない。

禁裏付役屋敷には、客間が三つあった。

「中の客間にお通ししてございまする」

鷹矢の後に付きながら、温子が教えた。

上の客間は名家、羽林家以上の家格を持つ者だけにしか遣わせないのが決まりである。下の客間は手紙などを運ぶだけの使者や町人用で、それ以外が中の客間に案内された。

「けっこうだ」

温子の判断を鷹矢は認めた。

「ごめん」

己の屋敷の客間とはいえ、いきなり襖を開けるわけにもいかない。鷹矢は外から声をかけた。

「どうぞ」

なかから涼やかな声での応答があった。

「……禁裏付東城典膳正でござる。お待たせをいたした」

下座にいる弓江と正対する上座へと鷹矢は腰をおろした。

「安藤信濃の娘、弓江でございまする」

弓江も名乗りを返した。

「失礼だが、どのような御用でござろうか」

禁裏で気疲れしている。鷹矢はすぐに用件を求めた。

「輿入れでございまする」

「はあ……」

いきなりのことに、鷹矢は間抜けな反応をした。

「誰のところにでございまするか。禁裏付へ来られたということは、お公家衆のどなたかでござろうや」

鷹矢が訊いた。

大名の姫が公家と婚姻をなすのを幕府は嫌ったが、皆無というわけではなかった。

そこから考えれば、旗本の娘が五位か六位の公家へ嫁ぐのはありえる話であった。

「なにを仰せられます。わたくしは典膳正さまの妻となるべく、上洛いたして参りました」

弓江が鷹矢を正面にして宣した。

「なっ……なにを」

廊下の外で控えていた温子が驚愕した。

「…………」

あまりのことに鷹矢は反応できなかった。

「東城はん、ほんまですか」

温子が鷹矢に尋ねた。

「し、知らぬぞ。拙者は」

鷹矢が強く首を左右に振った。

「と仰せですが、東城さまは。あなたは何者です」

鷹矢には地の己を見せ、弓江にはしっかりとした口調をする。温子はわざと態度を使い分け鷹矢との親密さを演出した。

「ご存じないのも無理はございませぬ。権太、文箱を東城さまに」

弓江が襖際で控えていた小者に命じた。

「……………」

無言で権太と呼ばれた小者が黒漆塗りの文箱を目よりも上に捧げた。

「石に上り藤の紋……安藤対馬守さまからのもの」

気づいた鷹矢があわてて文箱を開け、収められていた書状を読んだ。

「この者、当家一門の旗本寄合《よりあい》二千石、安藤信濃の娘である。釣り合いもよいと思うゆえ、余が仲立ちをいたす。婚姻を結べ」

読み終わった鷹矢が驚いた。

「なにをお考えか。普通は打診があり、間に立つ人があって縁談が持ちあがるものであろうに。いきなり本人を京まで寄こすとは」

鷹矢があきれた。

「おわかりいただけましたか」

弓江が鷹矢に確認を求めた。

「貴女《あなた》が京へお出での理由は理解いたしましてござる」

鷹矢は今でこそ足高で一千石となっているが、本禄は五百石である。五百石と一千石以上の旗本には、大きな差がある。一千石以上は相当な名門であり、江戸城中で出会ったりしたときは、鷹矢が遠慮しなければならない。

鷹矢はていねいな口調で弓江に応対した。

「では、よろしゅうございましょうな」

弓江が姿勢を正した。

「ふつつかものでございまするが、幾久しく……」

「お待ちあれ」

温子が遮った。

「なにを……」

最後まで言えなかった弓江が温子を睨みつけた。

「東城さまはご了承なさっておられません」

温子が鷹矢を見た。

「東城さまの了承などどうでもよいのでございまする。これは若年寄安藤対馬守さまのご指示でございまする」

弓江が逆らえまいと言った。

「東城はん。その書状ほんまもんですやろか」

誇らしげな弓江を無視して、温子が述べた。

「なにを無礼な」

弓江が怒った。

「若年寄さまの書状を偽物だというなど……」

「どういうことか、南條どの」

鷹矢が怒鳴る弓江を放置して温子に訊いた。

「若年寄さまの文箱を、小者に持たせますやろか」

温子が権太を指さした。

「少なくとも士分、あるいはあの女《おなご》はんが持ってなあかんのと違いますやろか」

「たしかに」

温子の指摘に鷹矢は同意した。

若年寄は幕府でも重い役目である。その私信とはいえ、運ぶとなれば使者番あるいは用人など、士分でなければ格式が疑われる。

「それは……」

弓江が苦い顔をした。

「偽物ではございませぬ」

弓江が必死の形相になった。

「確かめはらんといけまへん」

「そうだな」

温子の言葉に鷹矢は首肯した。

「三内、飛脚を出し、留守宅から安藤対馬守さまへ問い合わせろ」

「承知いたしました」

三内がうなずいた。

「それまでの間、どうしておれと」

江戸への問い合わせである。往復で二十日はかかる。弓江が困惑した。

「旅籠に滞在いたしてもよろしゅうございますが……」

「費用が馬鹿にならぬか。南條どの」

「一日三人で千文、二十日やと三両以上かかります」

「お金ではございませぬ」

計算した温子に、弓江が強く否定した。

「その女《おんな》は、この屋敷に滞在しておるように見えまするが」

「いかにも。当家の内証をあずかってもらっているのでな」

弓江の確認を鷹矢が認めた。

「それでは、東城さまの操が安心できませぬ。わたくしもここに住まわせていただき、そこな女が愚かなまねをいたさぬよう、見張らねばなりませぬ」

弓江が要求した。

「それに安藤対馬守さまからのご返事を早く受けるにもここが至便でございまする」

「むうう」

安藤対馬守の書状が本物であった場合、あまり弓江を冷たくあしらっていては、まずいことになる。相手は直接の上司なのだ。

「ならぬと仰せでございましたら、所司代さまにおすがりすることに」

弓江が戸田因幡守の名前を出した。

「おとなしくしていてくださるならば、滞在を許可いたしましょう」

鷹矢は認めるしかなかった。

「な、なにを言うてはりますん」

「……………」

顔色を変えた温子から、鷹矢は目を逸らした。

第四章　討手の理

一

　禁裏付与力、同心に追い払われたとはいえ、誰一人戦線を離脱せずにすんだ松平周防守家臣一同は、鷹矢が行列を仕立てて行き来するようになったことを知って焦っていた。

「面倒になったの」

　小田が嘆息した。

「人数が増えたとて、先導、槍持ち、挟箱持ち、草履取りが一人ずつ、陸尺二人の合わせて六人だ。武士身分は先導だけ。こちらは剣術の折紙以上が七人、相手にもなるまい。駕籠のなかの禁裏付が出てくるまでに、六人を倒してしまえばこちらの勝ちは揺るぎませぬぞ」

笹山が強い口調で言った。

「さようでござる」

「腰も定まらぬ軟弱な上方《かみがた》の男どもなど、ものの数ではござらぬ」

一同が気勢をあげた。

「皮算用はするな。それで一度失敗したのだ」

「…………」

「うっ」

小田に叱責《しっせき》された一同が黙った。

「もう機会はない。次が最後である」

声を抑えて小田が話した。

「ずっと禁裏付の行動を見張ってきたが、行き帰りに供をつけるようになっただけではないぞ。禁裏付役屋敷の周囲を同心が巡回しておる」

「たしかに」

笹山がうなずいた。

「あきらかに警固をしている。当たり前だ。殺されかかったのだからな」

「まことに残念でございました」

「返す返すも無念でござった」

言う小田に、一同から後悔の言葉が出た。

「儂は、あの失敗を叱らぬ。初めて刺客を命じられたのだ。いろいろと思うところもあったであろう」

小田が一同の顔を見た。

武士は名前を重んじる。卑怯未練と言われることを極端に怖れる。とくに武芸を極めようとした者たちにその風潮は強い。

それが刺客という、闇から闇へ敵を葬る、不意討ちをするようなまねを命じられたのだ。気が乗らないのは当然であった。

「よく考えよ。我らは刺客に非《あら》ず」

そこで小田が一度言葉を切った。

「我らは上意討ちの討っ手である」

「上意討ち……」

「それは……」

小田の宣誓に一同が困惑した。

上意討ちは、藩主の命で指定された者を討つものである。基本、逃げ出した家臣や、罪を犯した家中、一門などに出される。

「禁裏付は幕府の役人でござるぞ。いわば、殿と同格。これは上意討ちではございますまい」

笹山が異論を唱えた。

「格の問題ではない」

笹山の意見を小田が否定した。

「上意討ちとは、上意を受けて敵を討つことである。その敵は殿が指定された者であれば、誰でもかまわぬ」

「無茶な……」

「それでは将軍家でも殿が言われれば討たねばならぬことになる」

断言した小田に、一同が混乱した。

「まちがえるな。我らは将軍の家臣ではない。我らは浜田松平の家臣であり、忠義を尽くすのは殿お一人。将軍へ忠誠を誓ったわけではない」

小田が指摘した。

「な、なにを」

笹山があまりな暴言に慌てた。

「落ち着け。少し考えろ。よいか。今回の任は、幕府役人を討つことだ。もし、我らが将軍に仕えているならば、これは謀叛だ」

「謀叛……」

武士にとって最悪の行為である。口にした者が震えた。

「しかし、我らは松平周防守家の家臣であり、幕府家人ではない。ゆえに謀叛にはならない。謀叛でなければ、なにか。殿からの命で敵を討つ。ゆえに上意討ちである」

詭弁《きべん》を小田が弄した。

「…………」

一同が黙った。

「我らは刺客ではない。討っ手、あるいは追っ手である。胸を張るわけにはいかぬが、気に病まぬともよい。我らのやることは、藩にとっての義である」

「義……」

「おう」

義は武士にとってあこがれの言葉である。一同が興奮した。

「臆すな。我らのおこないは正しい」

小田が一同を扇動した。

「正義の鉄槌《てっつい》をくだそうぞ。禁裏付は、なんの罪もない我が殿を老中の座から引きずり下ろした松平越中守の手の者。幕府役人は隠れ蓑《みの》でしかない。あの禁裏付の正体は、我が殿の仇敵である」

「たしかに」

「言われるとおりである」

笹山以下の六人が気合いを入れた。

「遠慮せずともよい。我らの剣は破邪顕正じゃ」

小田が一同をたきつけた。

行き場のなくなっていた一同の気持ちを、小田はまとめあげた。

「所司代の協力はまだ有効だ。ことをなした後は、その足で国元へ帰る」

「国へ帰れる……」

小田の話に、望郷の念を皆が持った。

「もう、都は飽きた」

「拙者もだ。京は、他国者に冷たい」

一同が文句を言った。

「行列の様子をもう少し見る。決行は三日後だ」

「承知」

「やるぞ」

小田の指示に、一同が首肯した。

許嫁《いいなずけ》として居座った弓江と温子はことごとくぶつかった。

「内所の鍵をお返しいただきたく」

弓江が温子に手を出した。内所とは家計の金を扱う場所のことであり、これ転じて金蔵、金箱の意味を持つようになった。

弓江が求めたのは、金蔵の鍵であった。

「なんのことでございましょう」

温子が首をかしげた。

「東城家の内証を預かるのは、正室たるわたくしの仕事でございまする」

弓江がもう一度手を出した。

内証は家の家計一切を表す。金だけでなく、奉公人の差配も内証になる。内証を握る者こそ、東城家を支配できた。

「これは異なことを言われますこと」

上品に片手で口を隠しながら、温子が笑った。

「典膳正はんから、婚姻の話なんぞないと言われたのをお忘れですか。お情けで屋敷に置いてもらっているだけですえ。身の程をわきまえてもらわんと困りますわ」

温子が鼻先であしらった。

「なにを言うか。わたくしは若年寄安藤対馬守さまの命で東城典膳正さまのもとへ嫁いで参ったのでございまするぞ」

弓江が若年寄の名前を出して威嚇《いかく》した。

「幕府のお許しを見せてもらいましょか」

証拠を出せと温子が要求した。

「無礼な。若年寄さまを疑う気か」

弓江が温子を責めた。

「対馬守さまを疑ってはおへん。おたくはんを疑ってますねん」

温子が言い返した。

「な、なにを……」

言われた弓江が怒った。

「それにわたくしは、摂家二条大納言さまより、禁裏付さまが慣れぬ京の生活で困られることのないように手助けいたせとのお言葉を受けて、内証をお預かりしておりますので、どこの馬の骨かわからんような女《おなご》にわたせはしまへん」

温子が拒絶した。

「それこそ、証拠がありますまい。あるならば見せてみなさい」

弓江も負けていなかった。

「よろしおす。ほな、今から二条さまのお屋敷へ行きましょ。そこで諸大夫の松波雅楽頭さまにお話をいただきましょう」

「よろしゅうございまする」

「その代わり、松波雅楽頭さまのお手をわずらわせるんどす。なんもなしではすませまへん」

うなずいた弓江に、温子が要求した。

「なにをしろと」

「言わなわかりまへんか。鈍いお人でんなあ」

訊いた弓江に、温子があきれた。

「出ていってもらいますえ」

温子が弓江に告げた。

「あなたに言われる筋合いはございませぬ」

「なら、こちらも同じですわ」

二人の女がいがみ合っていた。

「よろしゅうございますかな」

見ていた三内が口を挟んだ。

「なにか」

「三内はん、なんぞ」

弓江と温子が三内を見た。

「安藤さま」

三内が弓江に声を掛けた。

「京にお出でになってまだ数日では、なにもおわかりではございますまい。商人とのおつきあいもございませぬでしょう」

「…………」

事実を並べられて弓江が黙った。

「対して南條さまは、京のお生まれ。商人どもとも顔なじみでいろいろと手配りをしていただいておりまする。内証にかんしましては、南條さまにお任せいただくのが、もっともよろしかろうと存じまする」

「……承知いたしました」

理を尽くした三内の説得に、弓江が応じた。

「南條さま」

三内が続けて温子に目を向けた。

「前もお願いいたしました。殿のおためになることならば、わたくしはなにも申しませぬ」

「わかっておりまする」

夜這《よば》いをしようとしたとき、温子は三内から釘を刺されている。温子もうなずくしかなかった。

「そういえば、剣術遣いが来てないのと違いますか」

ふと温子が思い出した。

「たしかに。まだでございますな」

三内も首をかしげた。

「なんの話でございまするか。人を雇うとあれば、わたくしも知っておかねばなりませぬ」

弓江が口を挟んだ。

「じつは……」

三内が内容を語った。

「腕利きの警固でございますか。それならば、わたくしが江戸へ求めれば、ただちに二人でも三人でも」

「それでは間に合いませんわ」

自慢げに言った弓江に、温子が首を横に振った。

「今すぐにでも典膳正はんを守らなあきません。江戸からなんて言うてたら、何日かかるやら」

「むっ……」

温子が話にならないと述べた。

江戸と京という距離はどうしようもない。今から飛脚を仕立てて江戸へ手紙を出しても、その返答が届くまでに十五日はかかる。人選に迷ったりすれば、一カ月などあっという間に過ぎてしまう。

「問い合わせてみましょう」

三内が言った。

「あの仕丁の住まいを知ってはりますの」

温子が驚いた。

「先日のお帰り際に、教えて下さいました。七条だそうで」

「お願いを」

「はい。では、今すぐに」

温子の頼みに、三内がうなずいた。

「それには及ばぬぞ」

女同士の騒ぎを聞きつけた鷹矢が三内を制した。

「殿」

「典膳正はん」

「あなたさま」

三内、温子、弓江がそれぞれに反応した。

「土岐ならば禁裏で会えるゆえ、吾が尋ねておく」

「殿にお手数をかけるわけには参りませぬ」

三内が首を左右に振った。

「今から出たら、日が暮れよう。吾を襲った者どもが捕まっておらぬのだ。なにかあては困る」

「……はい」

鷹矢の言うとおりであった。日中ならばまだしも、日が暮れてからの京は暗い。なにがあっても防ぎようがなかった。

「南條どの、夕餉はまだか」

「あっ。今すぐに」

言われた温子が、慌てた。絡んできた弓江の相手で支度を忘れていたのだ。

「頼む。昼餉は出してくれるのだが、喰った気がせぬ」

鷹矢は毎日出される膳を、箸の上げ下げにまで気を遣って食べるのに辟易《へきえき》していた。

「ちょっとだけ、お待ちを」

ほほえみながら温子が台所へと向かった。

「あのお方は、料理もなさいますのでしょうか」

弓江が三内に問うた。

「料理も裁縫も一通りなさいまする」

三内が答えた。

「従六位のお家柄の姫さまでございましょう」

弓江が目をむいた。

「京で六位など、掃いて捨てるほどおられますので」

なんとも言えない顔で三内が告げた。

武家で六位といえば、幕府役人でも相当なものである。なにせ老中で四位、若年寄など五位でしかない。武家だと六位でも相当な扱いを受ける。加賀藩の家老のように万石を禄するほどの大身でも、陪臣では絶対にあがれない地位であった。

「家には使用人もおられないそうで、すべてはあのお方がなさっておられたとか。あのお方がきてくださって、当家は助かっております。なにより、殿のおために走ってくださった。東城家のものは皆、南條さまに感謝いたしておりまする」

「………」

小さく弓江が眉をひそめた。

二

翌朝、行列で禁裏へあがった鷹矢は、武家伺候の間に詰めている中詰仕丁に土岐のことを訊いた。

「土岐どのという仕丁はどこに」

「……土岐でしたら、一昨日から休んでまっせ」

中詰の仕丁が答えた。

「休んでいる……病か」

「そこまでは知りまへん」

休みの理由を問うた鷹矢に、中詰の仕丁が首を横に振った。

「さようか」

鷹矢はそれ以上言わなかった。

「……ちと」

話しかけられた中詰の仕丁が武家伺候の間を出ていった。

「……………」

すぐに中詰の仕丁が戻ってきた。

「お茶を……」

いつも繰り返される日課が始まった。

茶が終わったところで、広橋中納言が武家伺候の間にやって来た。

「典膳正」

幕府における格では禁裏付が武家伝奏を上回るが、官位は中納言がはるかに高い。

広橋中納言が立ったまま鷹矢を呼び捨てにしても問題はなかった。

「中納言さま」

かしこまらなくともよいが、まだ禁中の事情に慣れていない鷹矢はていねいな応答をした。

「なにか御用でも」

鷹矢が尋ねた。

「そなた土岐のことを知っておるのか」

広橋中納言が詰問した。

「何度か、お世話になりましてございまする」

厳しい雰囲気に禁裏内でのつきあいだと鷹矢はごまかした。

「そのていどで、呼ぶとは思えぬが」

「呼んだわけではございませぬ。最近、姿を見ていないなと気になりましただけで」

「ふうむう」

じっと広橋中納言が鷹矢を見た。

「ならばよい。あまり特定の仕丁と深くならぬようにいたせよ」

固い口調のまま広橋中納言が、武家伺候の間を出ていった。

「おい」

鷹矢が先ほど出ていった中詰の仕丁を睨んだ。

「…………」

中詰の仕丁が目をそらした。

「禁裏に勤めるには、相当分厚い面の皮が要るようだ」

皮肉を鷹矢が口にした。

「…………」

それでも中詰の仕丁は、沈黙し続けた。

「こちらの顔を見ることもできぬでは、話にならぬ。そなたの相伴は断る」

鷹矢が告げた。

「……慣例に従っていただかねばなりませぬ」

ようやく中詰の仕丁が反応した。

「そなたでなければよい。そちらの仕丁、おぬしが相伴をいたせ」

別の仕丁を鷹矢が指名した。

「承知いたしましてございまする」

指名された仕丁が引き受けた。

「おい」

広橋中納言と通じている中詰の仕丁が、交代すると言った仕丁に文句をつけた。

「相伴は輪番という決まりはない」

仕丁が首を左右に振った。

「な、なにを言う。そのようなもの順番であろう」

一食豪勢な昼餉を喰える。どころか余ったものは持って帰れる。まずしい仕丁にとって、相伴は家族共々楽しみにしている日であった。

「禁裏付さまからのご指名じゃ」

仕丁が横を向いた。

「言いつけて来い。広橋中納言さまにな」

鷹矢も追い打った。

「…………」

中詰の仕丁が鷹矢を恨めしそうな目で見た。

「禁裏付五年だ。その間、吾の相伴をそなたはせずともよい」

「五年……」

「ああ、ひょっとすれば十年になるかも知れんな」

鷹矢が笑った。

仕丁のなかでも中詰は出世頭であった。幕府から気遣いの金がわずかとはいえ支給されるうえ、相伴などの余得もある。それだけに中詰になるころには、かなりの年齢に達しているのがほとんどで、その任期は短い。十年はおろか、五年この役で居られる保証はなかった。

「…………」

　中詰仕丁がふたたび出ていった。

「あの者の名前は」

「羽曳野《はびきの》でございまする」

「そうか。硯《すずり》の用意を頼む」

「こちらに」

　指名された仕丁が、すばやく筆写の準備を整えた。

「ご苦労」

　鷹矢が筆を執って、文字を紙に記した。

「これを黒田伊勢守どのに」

　花押を入れ終わった鷹矢が、書付を仕丁に渡した。

「お預かりいたしまする……うっ」

　仕丁が受け取って、驚愕した。

「当然であろう。禁裏付の補佐のために付けられている中詰だ。その中詰が、吾の許しもなく、二度も武家伺候の間を離れた。これを見逃せば、禁裏付、ひいては御上の権威の鼎《かなえ》の軽重が問われる」

「ですが……」

仕丁がまだためらった。

「禁裏付には、禁中の諸職を弾劾する権が与えられておる。それを邪魔するというならば、そなたも咎め立てねばならぬぞ」

「ひっ」

ぐっと身を乗り出した鷹矢に、仕丁が震えあがった。

「た、ただちに」

仕丁が走り去った。

禁裏付の権は大きい。それだけに乱用しないよう歯止めが設けられていた。公家や役人を咎めるときは、二人の禁裏付の合意が要った。

「典膳正どのからか……」

仕丁が届けた書付を黒田伊勢守が読んだ。

「……若いな」

内容に黒田伊勢守が小さく笑った。

「まあ、相手も仕丁と身分も低い。初仕事にはちょうどよいか」

黒田伊勢守が筆で花押を書付に記した。

「どれ、典膳正どののもとへ行くとするか」

日記部屋から黒田伊勢守が、武家伺候の間へと向かった。

「典膳正どの、よいかの」

同じ禁裏付である。勝手に入っても問題はなかった。とはいえ、礼儀にはそぐわない。一応黒田伊勢守が、許可を求めた。

「これは伊勢守どの。どうぞ、お入りあれ」

すぐに黒田伊勢守が来るとは思っていなかった鷹矢が、急いで立ちあがった。

「そのまま、そのまま」

黒田伊勢守が手で鷹矢に合図をしながら、武家伺候の間に足を踏み入れた。

「こちらでござるがの……」

書付を出しながら、黒田伊勢守がすでに戻って隅に座っている羽曳野を見た。

「いけませぬか」

鷹矢が不安そうな顔をした。初めて出した弾劾である。先達に拒まれれば、それまでであった。

「いいや。妥当なものでございましょう」

黒田伊勢守が認めた。

「ありがたし」

鷹矢が安堵した。

「だがの、典膳正どのよ。おわかりだとは思うが、権は恣《ほしいまま》に振るってはならぬ。次はあらかじめ、わたくしにもご相談いただきたい」

いきなりの弾劾は、軋轢《あつれき》を生むと黒田伊勢守が注意をした。

「とくに五位以上の公家を相手にするときは、こちらも一枚岩で臨まねばならぬ」

「拙者とご貴殿でございますな」

「足りぬ。京都所司代どの、東西町奉行どののご同意も必須じゃ」

確認した鷹矢に、黒田伊勢守が首を左右に振った。

「禁中は、禁裏付の範疇《はんちゅう》でございましょう」

他の者は不要であろうと鷹矢は首をかしげた。

「典膳正どの、おぬしは何位だ」

「五位の下でございまする」

「拙者も同じだ」

　黒田伊勢守が首を縦に振った。

「公家にとっては、官位がすべてだ。普段はいがみ合っている五摂家でも、幕府がなにかしてくるとなれば、一つになる。質の悪いことに、五摂家は代々婚姻を重ね、一族でもある。結束は固い」

「いがみ合っていてもでございまするか」

「そういうものであろう。大名でも江戸家老と国家老が政の独占を巡って争っているところなど、山ほどある。だが、それでも大目付や目付が入るとなれば、たちまち騒ぎは消える。これと同じじゃ。内で争っていて、外から圧力を受ければ守りきれまい。どれほど堅固な城でも、内部から崩されればもたぬ」

「わかりまする」

　鷹矢がうなずいた。

　堅固でなった浅井《あざい》家の小谷城《おだにじょう》、関ヶ原合戦の緒戦の舞台となった伏見城《ふしみじょう》など、数万の軍勢を受け止めていながら、内部に裏切り者が出て落城したという話は山ほどある。

「外敵を得たときは、恩讐を捨てて手を組む。そうすることで公家は、千年のときを生き抜いてきた。侮ってはならぬ。下手をすれば、弾劾を仕掛けたほうが咎めを受けることにもなりかねぬ」

「はい」

「向こうが一枚岩ならば、こちらも意思の統一をしておかねば対抗できぬであろう。この意味はおわかりであろう」

「ご説の通りでございまする」

意味深な言いかたをした黒田伊勢守の意図を鷹矢は読み取った。

黒田伊勢守は京都所司代戸田因幡守が在している間、なにもするなと言外に告げているのだ。

「さて、羽曳野」

「なんでございましょう、伊勢守さま」

黒田伊勢守に声をかけられた羽曳野が、手を突いた。

「その勤めぶり、中詰にふさわしからずをもって、武家伺候の間への出入りを禁じる」

「……なっ」

羽曳野が絶句した。中詰は仕丁のなかでも三十軒しかなることのできない一種の世襲である。その世襲から外すと黒田伊勢守が命じた。

「わたくしがなにをいたしたと仰せでございましょう」

「なにもしなかった。というより、禁裏付が任を命じようとしたときに、二度もおらなかった。これは任の放棄である」

理由を問う羽曳野に、黒田伊勢守が告げた。

「それは広橋中納言さまにお呼び出しを受けてでございまする」

羽曳野が言いわけをした。

「そうか、そなた武家伝奏をこれへ」

別の仕丁へ黒田伊勢守が命じた。

「へい」

仕丁が応じた。

武家伺候の間と武家伝奏の詰め間は近い。待つほどもなく広橋中納言が、武家伺候の間へ顔を出した。

「伊勢守どの。麿に用でおじゃるか」

広橋中納言が鷹矢ではなく、黒田伊勢守に問うた。

「中納言はん」

黒田伊勢守が答える前に、羽曳野が広橋中納言にすがりついた。

「なんや、気色《きしょく》悪い」

広橋中納言が、すげなく羽曳野を振りほどいた。

「どないしたんや」

「禁裏付はんが、わたいを首にする言いはりますねん」

羽曳野が鷹矢のほうに顔を向けた。

「…………」

広橋中納言が鷹矢を見た。

「…………」

鷹矢も広橋中納言を見返した。

「さようか。そらしゃあないな」

あっさりと広橋中納言が、羽曳野を見捨てた。

「中納言はん」

羽曳野が絶句した。

「禁裏付がそう決めたんやったら、武家伝奏としてはなんも言えん」

広橋中納言が首を横に振った。

「それはあんまりやおへんか。中納言はんが、若い禁裏付を見張って、なんぞあったらすぐに報せと言わはったんやおへんか」

羽曳野が泣き声を出した。

「なにを言うてるねん。そんなん、麿は知らへんで」

広橋中納言が否定した。

「そらむごい。中納言はんの指示やと……」

「それ以上、麿に罪着せると言うなら、京から追放するで」

わめく羽曳野に、広橋中納言がすごんだ。

「……ひい」

羽曳野が黙った。

「話は、それだけかいな」

広橋中納言が、黒田伊勢守に確認した。

「なにやら聞き捨てならぬ話が出たようでござるが」

黒田伊勢守が、羽曳野の言動を咎めだてた。

「妄言や、妄言。仕丁あたりの小者の言うことと、中納言たる麿の言葉。どっちを伊勢守どのは信用なさるんや」

広橋中納言が疑念に身分を使って反論した。

「さようでございまするな。中納言さまは、武家伝奏。いわば朝廷と幕府の仲を取り持たれるお役目。その武家伝奏が禁裏付との仲にひびを入れるようなまねをなさるはずはない」

「そうや。武家伝奏は禁裏付の手下みたいなもんやさかいな」

黒田伊勢守の皮肉にも広橋中納言は顔色一つ変えなかった。

「ほな、麿への用はすんだということでええな」

「ご足労をかけました」

退出の許可を求めた広橋中納言に、黒田伊勢守が首肯した。

「おい、羽曳野。そなたも出ていかんか。中詰を辞めさせられたんや」

「……へい」

広橋中納言に促されて羽曳野が従った。

「これでよろしいかの」

広橋中納言と羽曳野がいなくなった武家伺候の間で黒田伊勢守が、鷹矢に言った。

「かたじけのうございました」

出向いてまでくれたことに、鷹矢は礼を述べた。

「禁中は敵中だとお忘れなきようにな」

口調をやわらかいものに戻した黒田伊勢守が、去っていった。

三

禁裏台所門を出た鷹矢は、待っている行列差配の大峰の様子が変なのに気づいた。

「どうした」

近づきながら鷹矢は質問した。

「あのお侍はんが……」

困惑した表情で、大峰が駕籠のほうを指さした。

「知らぬ男か」

「さいです。知ってたら、困ってまへん」

当たり前のことを言うなと大峰が、鷹矢を非難するような目で見た。

「卒爾《そつじ》ながら……」

油断せず、いきなり斬りかかられても大丈夫な間合いを確保しながら、鷹矢は侍に声をかけた。

「禁裏付の東城どのか」

「いかにも」

問いかけに質問で返してきた侍に、鷹矢はうなずいた。

「拙者、大坂は四つ橋で微塵《みじんりゅう》流剣道場を営んでおりまする檜川刀甫《ひかわとうほ》と申す」

侍が名乗った。

「大坂の道場……ということは土岐どのの紹介」

「いかにも。道場の後始末をいたしておりましたので参上がいささか遅くなり申した」

檜川と名乗った侍が頭を下げた。

「土岐どのは」

あたりを鷹矢は見回した。

「土岐どのならば、禁裏付役屋敷にてお待ちでござる。拙者はお迎えに参った次第」

檜川が説明した。

「…………」

鷹矢は警戒を解かなかった。

「典膳正はん、どないしはりますねん。いつまでも御所前で止まってるわけにはいきまへんで」

大峰が判断を急かした。

「……わかった。このまま戻ろう。檜川どのと言われたな。行列の先頭をお願いする」

「承知した。お疑いはもっともだ」

首を縦に振って檜川が大峰の前に出た。

「今日は徒で帰る」

「よろしいんでっか。他人が見てまっせ」

八つ（午後二時ごろ）を過ぎると御所から下がっていく公家や雑司などが多くなる。牛車に乗れない下級公家などは、歩いての帰宅である。そこに行列があれば、興味を持つのは当然であった。

「今さら、一日くらい変わらぬ」

鷹矢は今日の中詰放逐のこと、届け出がかなり放置されていたことなどで、己が相当禁中で目立っていると理解していた。

「まあ、こっちは雇われでっさかいな。典膳正はんがよければ、かまいまへんけど」

大峰があきらめた。

「では、出立」

「へい」

鷹矢の合図で、行列は東へと進み始めた。

「おい。後を付けるぞ」

行列を見張っていた松平周防守家臣の小田が、もう一人の藩士に首で合図をした。

「承知」

藩士がうなずいた。

「川原田、河野、笹山らは禁裏付に顔を見られている。見張りには使えぬ」

小田が歩きながら苦い顔をした。

「拙者は見知られておりませぬ」

京都所司代近くでの襲撃に間に合わなかった藩士が、胸を張った。

「誇ることではないわ、仁敷。あのとき、間に合っていれば禁裏付を仕留められたかもしれないのだからな」

小田がたしなめた。

「申しわけございませぬ」

仁敷と言われた藩士が詫びた。

「一人増えておるな」

「はい。先頭を行く侍は、初見でございまする」

確かめるように言った小田に、仁敷が応じた。

「警固を雇ったか、あるいは江戸から着いたかだが、まずいな」

小田が眉間にしわを寄せた。

「一人くらい、さほどの難題だとは思えませぬが」

仁敷が首をかしげた。

「よく見よ。あの腰の据わりを。あれはかなり遣う。儂と五分か」

「小田どのと五分……では、勝てるのは……」

「磯崎一人だろうな」

「藩一番の遣い手、陰流《いんりゅう》免許の磯崎どのと」

仁敷が顔色を変えた。

「磯崎の手があやつ一人に取られては、まずいことになる」

小田が足を止めた。

「やむを得ぬ。儂はもう一度所司代に出向く」

「援助は受けられないのでは」

失敗して迷惑をかけている。いまさら所司代を頼れるものではなかった。

「金を返してもらう」

小田が告げた。

「あの水野さまからお預かりした二百五十両でございまするか」

仁敷が思い出した。

「あれは、因幡守さまを通じて、一橋さまへの大御所称号勅許を認めぬよう公家衆を籠絡するためのもの」

手出しをするわけにはいかないのではないかと仁敷が意見をした。

「任を失敗してもよいのか」

「それは……」

「失敗すれば、我らは江戸はもちろん、国元にも帰られぬぞ。このまま浪々の身になるのか。先祖が手柄を立てて得た禄を無にしてもよいと」

「…………」

武士は家のために生きる。家を保護してもらえるから主家に対して忠義を尽くす。

「覚悟したはずだ。幕府の役人を討ってでも、国へ帰ると」

「でございました」

迷っていた仁敷が納得した。

「金さえあれば、人を雇える。無頼どもに金を握らせれば、行列の供くらい蹴散らしてくれるだろう。そして磯崎にあの警固を抑えさせ、我らは禁裏付に専心する」

「わかりましてございまする」

「ならばそなたはこのまま行列を見張れ。よく見ておけ。他に合流する者がないかどうかをな。儂は所司代へ行く」

「お任せあれ」

小田の指示に仁敷は首肯した。


行列はなにごともなく禁裏付役屋敷に帰った。

「お帰りなさいませ」

「お戻りやす」

弓江と温子が並んで、鷹矢を迎えていた。

「戻った。土岐は」

「ここにおりまんがな」

門のすぐ裏に土岐が立っていた。

「そんなところでどうした」

普段ならば図々しく上がり込む土岐の様子に、鷹矢は怪訝な顔をした。

「上げてくれまへんねん」

土岐が恨めしそうに玄関を見た。

「南條どの……」

先日口論をしていた温子かと鷹矢は目をやった。

「なっ……なにを」

「違いまっせ。二の姫はんは、そんなしょうもないいけずはしはりません」

温子が反論する前に、土岐が否定した。

「あっちの江戸から来たお方ですわ」

土岐が指さした。

「無礼者。人を指さすなど礼儀をわきまえぬにもほどがある」

弓江が土岐の態度に憤った。

「そっちこそ。主の客をこんなところに放置するなんて、礼儀どころか情けも知らん」

土岐が言い返した。

「下郎……」

「お平らに願おう。安藤どの」

怒鳴りつけようとした弓江を鷹矢が制した。

「この者は、拙者の客でござる。今後はそのようなまねをなさらぬように」

「白い単衣《ひとえ》のようなもの一枚の下人のようなものをあげるわけには参りませぬ」

弓江が反発した。

仕丁は水干と呼ばれる白一色の単衣を身に纏い、頭に黒の小さな烏帽子《えぼし》を被《かぶ》るのが決まりであった。

「失敬な。この格好で禁中で御用をなすんじゃ。これやから武家は……」

土岐が怒った。

「落ち着け」

鷹矢は土岐をなだめた。

「弓江どの。拙者の指示に従えぬのならば、屋敷にいてもらうわけにはいかぬ。江戸へお帰りいただく」

「それがよろしおす」

　厳しく指摘した鷹矢の尻馬に温子が乗った。

「…………」

弓江の勢いが衰退した。無言のまま弓江が奥へと引っこんだ。

「どなたはんでんねん。あのお人は」

その後姿を見送りながら、土岐が訊いた。

「拙者の許嫁だそうだ」

「へっ……」

言われた土岐が間抜けな声をあげた。

「えっ。二の姫はんやおへんのか」

「無礼なことを口にしてはいかぬぞ。嫁入り前の娘御に変な噂が立っては迷惑であろうが」

勘違いだと鷹矢が土岐をたしなめた。

「南條どのは、京に慣れぬ我らを助けてやろうと二条さまがご手配くださったお方だ。日常の生活に支障がないようになれば、ご実家に戻られる」

鷹矢が語った。

「……なるほど。そうですねんなあ」

へんな納得の仕方を土岐がした。

「上がってくれ。おぬしもな。ここで見世物になるのは勘弁だ」

鷹矢は土岐と檜川を誘った。

行列の供として雇われている大峰以下の小者や陸尺が、鷹矢たちのやりとりを興味深そうに見ていた。

「では、お邪魔をしまっせ。檜川はんも」

「ご無礼いたす」

二人が鷹矢の後に続いて玄関から屋敷へあがった。

「着替えながらで失礼する」

自室に入った鷹矢は、三内に手伝わせながら衣冠束帯を脱ぎ、小袖と小倉袴の普段着になった。

「肩が凝るな。これは。慣れぬ」

鷹矢が不満を漏らした。

「しゃあおまへん。その衣装かて理由がおますねん。阿呆みたいに大きな袖は、両腕の動きを規制してますねん。帝の前で刀を振れないようにと」

「なるほどな」

土岐の説明に、鷹矢は腑《ふ》に落ちた。

「さて、顔合わせが後になってしまいましてんけど、こちらは大坂四つ橋で剣術道場をしてはった檜川はんで。檜川はん、禁裏付の東城典膳正はんや」

土岐が紹介をした。

「すでに名乗りはすんでおる。ふむ。この御仁が土岐どのの言われていたお方でまちがいないのだな」

「まちがいおまへん」

確認した鷹矢に、土岐がうなずいた。

「檜川はんは、剣術の名手でっせ。大坂になんぼ道場があるかは知らんけど、まあ、檜川はんに勝てる剣術遣いは五人はいてまへんで」

土岐が檜川の腕を保証した。

「待て。それほどの腕を持ちながら、なぜ、警固役などを引き受けたのだ」

鷹矢が疑問を呈した。

「簡単な話ですがな。剣術では喰えへんからや」

「……意味がわからん」

剣術で指折りの腕ながら、それで喰えないという理由が鷹矢にはわからなかった。

「弟子が来まへんねん。いや、来えへんわけやおまへんけどな、続きまへんのですわ」

「続かない……」

「厳しすぎまんねん。檜川はんは、己のやってきた修行を弟子にもさせますねんけどな」

「それのどこが悪い。ものを覚えるには、先人のやってきた道をたどるのが早道であろう」

鷹矢は問題はないだろうと首をかしげた。

「四貫（十五キログラム）の鉄棒を一日二万回素振りさせまんねんで」

「……四貫を二万回。千回もできんぞ」

聞いた鷹矢が絶句した。

「わいやったら十回で腰が抜けまっせ」

土岐も同意した。

「それくらいできぬと、剣術遣いにはなれませぬ」

檜川が胸を張った。

「ものが見えてないにもほどがおますやろ」

土岐が嘆息した。

「大坂で誰が剣術遣いになりたいと思ってますかいな。皆、身体を動かしたいとか、ちょっと強くなりたいとか考えて、道場へ通いますねんで。それに鬼のような修行を課して、耐えられるわけおまへんわ」

「吾でも無理だな」

二人があきれた。

「しかし、素振りは剣術の基礎でござる」

言いながら檜川がうつむいた。

「こういった御仁ですわ。人柄は保証しま」

土岐が告げた。

「わかった。さて、檜川どのよ。頼めようか」

仕事を引き受けてくれるかどうかを鷹矢は訊いた。

「お願いいたしたい。恥ずかしい話だが、断られたら今夜の宿にも困るところでござる」

金がないと檜川が正直に告白した。

「いかほどお支払いすればよいか」

日当を鷹矢が問うた。

「檜川はん」

土岐が声をかけた。

「頼む」

檜川が土岐に頭を下げた。

「……典膳正はん。檜川はんを雇うのではなく、抱えてもらえまへんやろか」

土岐が仕官させてやってくれと鷹矢を見た。

「召し抱えろと」

「さいですねん。いまどきの用心棒は、日当で一朱から一分の間。結構ええ金額取りますけど、いつまでも仕事はおまへんやろ。雇うほうも日当やとかなりの出費になりまっせ。一日一分やったら、四日で一両、一カ月七両こえます。年で八十四両」

「八十四両は高いな」

五百石の東城家の収入は、年百八十両ほどである。警固代金を払えば、半分なくなってしまう。

「仕官させるか……三内」

居室の隅で控えている用人の三内に鷹矢は顔を向けた。

「禁裏付になられたおかげで、足高五百石役料一千五百俵をいただいておりまする。お一人や二人増やされても問題はございません」

「役目を外されたとしたら」

「そのときは、召し放ちをしていただかねばなりませぬ」

鷹矢の問いに、三内が冷たく述べた。

召し放ちとは家臣を放逐することだ。昨今、武家の内証が厳しく、新たな仕官の話は聞かなくとも、召し放ちの噂は毎日のように届く。

「……つっ」

鷹矢と三内の会話を聞いていた檜川が頰をゆがめた。

「五年は大丈夫でございまするが」

三内が付け加えた。

「……五年」

檜川が怪訝な顔をした。

「禁裏付の任期は五年ごとなのだ。五年を一区切りにし、呼び戻されなければそのあと五年になる」

鷹矢が補足した。

「では、五年は」

檜川が目を輝かせた。

「禄はそれほど出せぬぞ。もともと五百石だからな」

「喰えればけっこうでござる」

あらかじめ歯止めを付けた鷹矢に、檜川が首肯した。

「もちろん、働き次第では加増もするし、そのまま江戸へ供してもらうこともある」

「励みまする」

未来を見せた鷹矢に、檜川が手を突いた。

「三内、いかほどだ」

鷹矢が三内に任せた。

「当家には貴重な武芸者でもございますのでな。檜川どのと言われたかの。ご家族は」

「親はすでになく、兄弟は国におり、妻も子もおりませぬ。係累はないとお考えいただいてよろしゅうござる」

問われた檜川が告げた。

「ならば、とりあえず十石一人扶持でいかがでござろう」

三内が提案した。

十石は四公六民で四石、一人扶持は一日玄米五合の現物支給になる。そのうえ遠国へ赴任している間は、食と住も支給するのが慣例である。

「厚遇やなあ。わいがお願いしたいわ。今どき十石もくれるとこなんぞないわ」

土岐が参加してきた。

「…………」

鷹矢は土岐が口で助けてくれたとわかっていた。

「よしなにお願いをいたしまする。命に替えて殿をお守りいたしまする」

檜川が平伏した。

「めでたい」

「かたじけない。土岐どの」

手を叩く土岐に、檜川が礼を述べた。

「そういえば、土岐どのはどうやって檜川どのを知ったのだ」

ふと鷹矢が訊いた。

「大坂へ遊びにいったときですわ。地元の質《たち》の悪い連中に絡まれましてな。そんときに助けてくれはったんですわ。二年前でしたかいな」

「もうそんなになるかの」

懐かしむように言う土岐に、檜川が感慨深げに応じた。

「あのときは助かった」

檜川が土岐に頭を下げた。

「えっ……」

「…………」

鷹矢と三内が、逆ではないかと驚いた。

「助けたほうが礼を……」

鷹矢は土岐に目を向けた。

「わかりまへんわなあ。檜川はん、かっこうよう登場して無頼をたたきのめしてくれたのはよろしいねんけどな。そのあと空腹で動けんようにならはって……」

思い出した土岐が笑いを浮かべた。

「近くの煮売り屋台で飯をおごったげたんでっさ」

「いや、あれほどうまいものはなかった」

檜川が何度も首を縦に動かした。

「それから時々、差し入れを持って行ったりして、つきあいを続けてたんですわ」

土岐が事情を話した。

「わかった。土岐どの、感謝する」

姿勢を正して、鷹矢が礼を言った。

「えらいあらたまって」

「三内」

「承知いたしました」

居心地悪そうにしている土岐に、三内が近づいた。

「些少《さしょう》ではございますが、御礼でございまする」

すばやく二分金を一枚懐紙にくるんで三内が差し出した。

「この間手間賃預かってますのに」

「あれも取っておいてくれ。今の当家には人がなによりの馳走である」

鷹矢が手を振った。

四

京都所司代の用人に小田が面会を求めた。

「佐々木どのはご多用につき、お会いできぬとのことである」

門番同心が、佐々木の拒絶を伝えた。

「な、小田とお伝えいただきましたでしょうや」

名前をちゃんと告げてくれたかと小田が門番同心に迫った。

「当然じゃ。名前も言わぬ来客を取り次ぐわけには参らぬわ」

門番同心が機嫌を悪くした。

「申しわけござらぬ」

小田が詫びた。

門番同心とはいえ、幕府の御家人である。陪臣の小田よりも格は高い。

「お手数をおかけいたしました」

小田が退いた。

「……おのれ、佐々木め。一度の失敗で我らを見限ったな」

所司代の門を離れた小田が、佐々木を罵った。

「ふん。それほど甘いと思うなよ」

小田が口の端を吊り上げた。

用人は多忙だが、それでも深夜まで働き続けることはない。主の戸田因幡守が所司代下屋敷へ帰ってしまえば、それ以降はさほどの仕事はなくなる。

主君が出た後の始末をすませれば、佐々木も所司代屋敷を出る。

「お疲れさまでございました」

戸田因幡守が離れた段階で、所司代屋敷表門は閉められている。用人とはいえ佐々木は陪臣でしかない。陪臣のために表門が開けられることはない。佐々木は潜り戸を通って外に出た。

「お帰りでござるか」

所司代は京における幕府の象徴である。夜だからといって無防備な姿を晒《さら》すわけにはいかない。さすがに一夜門番が立ち続けることはなくなったが、それでも深更までは門番がいた。

「お先でござる」

ねぎらわれた佐々木が、門番同心に軽く頭を下げて、左に曲がった。

「油断しすぎでござろう。我らを切り捨てた割には」

所司代の門から見えなくなったところで、佐々木に声がかけられた。

「小田……か」

佐々木がすぐに気づいた。

「何用じゃ」

「今日、お目通りを願いましたが」

小田が佐々木に迫った。

「さて、知らなかった。ならば、また日をあらためて所司代屋敷までお出でなされ」

「とぼけてもらっては困りますな。門番同心どのから佐々木どのに直接伝えたとのご返事をいただいておりまする」

かわそうとした佐々木に、小田が突きつけた。

「………」

佐々木が黙った。

「疲れているのだ。本日は遠慮してくれ」

手を振って、佐々木が下屋敷に入りかけた。

「よろしいのでござるか」

「……なにがだ」

声を低くした小田に佐々木の足が止まった。

「ご存じか。禁裏付に警固の侍が加わりましてござる。それも見たところ、相当な遣い手でござる」

「警固の侍が付いた……」

「供揃《ともぞろ》えもし出しましたしな。このままでは、まちがいなく我らの手は禁裏付に届かなくなりました」

「それが、我らになんの関係が。禁裏付を仕留めるのは、松平周防守さまご家中のお仕事でございましょう」

他人事《ひとごと》だと佐々木が首を横に振った。

「それで通りましょうかな」

「どういうことだ」

脅すような小田に、佐々木が口調をきついものにした。

「今度は無傷ではすみますまい。はたして何人生き残れるか。それは覚悟のうえでございますが、佐々木どののご協力があれば、出さずともすんだ犠牲もございましょうな。それを果たして誰もが受け入れましょうや」

小田が続けた。

「協力を前提として人を出した我が主松平周防守、金をお出しくださった水野出羽守さまが納得なさいましょうか。もし失敗したならば、その想いも強くなりましょう」

「なにが言いたい」

佐々木が剣呑な目つきになった。

「江戸から遠い京だからこそ許された因幡守さま。松平越中守さまに禁裏付を襲ったのが、因幡守さまのご手配だと……」

「どうやって、松平越中守さまに……」

「成功したならば、文句を言わずに去りまする。しかし、失敗したとあっては、二度と藩には戻れぬ。侍としては死んだも同然。ならば、我らが訴人するくらいなんでもござらぬ」

「貴様ら……」

音を立てて佐々木が歯がみをした。

「主君も出羽守さまも、お手をお貸しくださいましょうな。人も金も受け取っておきながら、手も汚さない者を……」

小田が感情のない顔で佐々木を見た。

「成功したら、どれだけの犠牲が出ようとも」

「黙って京を去りまする。西へと」

江戸へは向かわないと小田が約束した。

「なにが望みだ。人は出せぬぞ。当家の者は公家たちとの交流がある。どこで見覚えられているかわからぬ」

佐々木が先手を打った。

「人は不要でござる」

小田が手を振った。

「思惑が違っては困りますゆえ……ことがなった暁《あかつき》に……」

「………」

最後で裏切られてはたまったものではないと小田が言外に表した。

「ではなにが要る」

「金をいただきたい。水野出羽守さまから預かった二百五十両のうち五十両を」

「あれは公家対策のものだ」

手を出した小田に佐々木が拒んだ。

「禁裏付をどうにかせねば、公家対策もあったものではございますまい。禁裏付は公家の重石。しかもあの禁裏付は松平越中守の紐付き。あの禁裏付をどうにかせねば、金を撒《ま》いたところで、みのりは期待できますまい」

「むうう」

事実に佐々木が唸った。

「五十両で、戸田家の安泰を買うとお考えいただけば……」

「やむをえん」

佐々木が認めた。


新しい警固の参加を、温子はすぐに松波雅楽頭のもとへもたらした。

「大坂の剣術遣いを召し抱えた……か」

松波雅楽頭の報告に、二条大納言は目を閉じた。

「行列はそちが仕立ててやったのであろう。なぜ、警固も押しこめなかった」

二条大納言が不満を松波雅楽頭に見せた。

「土岐という仕丁が割りこんで参ったそうで」

「……土岐。聞いたような名前じゃな」

二条大納言が首をかしげた。

「禁中にいる仕丁だそうでございますゆえ、お耳覚えがおありなのでは」

松波雅楽頭が二条大納言へ助け船を出した。

「いや、そのていどで麿が仕丁ごときの名前を覚えるなどあらへん」

二条大納言が否定した。

「雅楽頭、ちいと気になる。調べや」

「わかりましてございまする」

命を受けた松波雅楽頭が頭を垂れた。


檜川を鷹矢に紹介した土岐は、久しぶりの勤めで清涼殿の昼御座近くの清掃をしていた。

昼御座とは、天皇が日中をすごす場所である。もちろん、土岐くらいの身分で昼御座に足を踏み入れることなど許されない。

土岐が担当しているのは、その背後の廊下、東孫庇《とうのひろひさし》であった。

禁中の掃除は、掃部頭《かもんのかみ》の管轄である。掃部頭の下にいる八十人の駆仕丁が実務を担当した。

土岐はそのなかの一人に紛れていた。

「音を立てるなよ。帝のお気を穏やかに……」

東孫庇担当の駆仕丁をまとめる老仕丁が注意をした。

「わかってまんがな」

「何年、この仕事をしてると思うてんねん」

配下の仕丁たちがこそこそと文句を言った。

「さっさと始めえや」

老仕丁が怒りの顔で合図をした。

「はあ……」

安い給料で、同じことを繰り返す。これほどやる気を削ぐものはない。さらに持ち場をさっさと終わらせれば、新たな仕事が追加される。

三人配置された仕丁がのろのろと仕事を開始した。

「…………」

一人土岐だけがまじめに動いた。

のんびりしている同僚を置き去りに、さっさと東孫庇のなかほどまで進んだ。

「主上」

床を拭くまねをしながら、土岐が光格天皇を呼んだ。

「土岐か。なんぞあったんか」

光格天皇が応じた。

「他の者もおりまする。玉声はお平らに」

土岐が配慮を願った。

「昨日……」

警固の侍を鷹矢に紹介したことを土岐が告げた。

「そなたの駒か」

光格天皇が問うた。

「いいえ。知り合いではおますけど、それだけで」

「なぜ、そのような者を出した。他にいくらでもそなたの息のかかっているものはおろう。禁裏付の内情を知るよい機会であろう」

違うと言った土岐に、光格天皇が疑問を呈した。

「それをやったら、もう禁裏付からの信用はえられまへん。一度疑ったら、二度と人は信じまへん。今は、禁裏付役屋敷にも自在に出入りできてます。禁裏付もいろいろと話をしてくれます。それを今は大事にせねばあきまへん。しっかりと信頼されてから獅子身中の虫を入れるのは……人が近づいて参りました。今日はこれで」

「うむ。ご苦労であった」

光格天皇の労《ねぎら》いに、土岐は黙ったまま作業に戻った。

どれだけ手を抜こうとも廊下の掃除で一日は潰れない。一刻（約二時間）ほどで土岐たちは清涼殿から下がった。

「ほな、今日の仕事はここまでや。ご苦労はん」

一度掃部寮に集まった駆仕丁たちが解散したのは、禁裏付の勤務が終わる少し前であった。

「……檜川はん、緊張しすぎや」

台所門の片隅から外を見た土岐が嘆息した。

「今日は、怪しげな連中は見えへんが、そろそろ来るやろう。侍が一人増えた。千石の禁裏付には、侍が六人いてなあかん」

旗本の軍役にも土岐は通じていた。

「禁裏付のもとに一人の侍が来た。禁裏付の行列には二人の供侍がいる。当然、続けて江戸から家臣が京へ来るはずと刺客どもは思うやろ」

土岐が呟いた。

「檜川はん、悪いな。あんたを釣り餌《え》にしてもうたわ。これも主上のためや。あきらめてんか」

冷たい声で言いながら、土岐が檜川に向けて手を合わせた。

第五章　混乱の都

一

貸し与えられている空き家は、町屋から少し離れている。とはいえ、よそ者が目立つことこのうえない京である。

小田が佐々木から金をむしり取った翌日、磯崎は気づいた。

「町方のような者が様子を窺っている」

「気づかれたか」

川原田が舌打ちをした。

「討てばよかろう」

刀を手に仁敷が飛び出そうとした。

「駄目だ。町奉行所を呼ぶことになる」

笹山が仁敷を抑えた。

「見つかった限りは同じであろう」

町奉行所が来るのは確かだろうと仁敷が言い返した。

「我らは武士の姿をしておる。我らがどこかの藩士であれば、手出しができない町奉行所としては、それを確かめてからしか動けぬ。二日や三日は猶予がある。しかし、手の者を殺せば、そんな手続きは吹っ飛ばしてすぐに動く。町方を殺す。それは謀叛に等しい罪だぞ。我らがどこかの藩士であろうが、浪人であろうが、もう関係はなくなる」

笹山が説明した。

「見張られていても我慢せねばならぬのか……」

うっとうしいと磯崎が呟いた。

「かえってよかったと思え。見張られているとわかれば、寝込みを襲われずにすむ」

笹山が慰めた。

「小田どのはご無事でござろうか」

金を持って無頼を雇いに行っている小田のことを河野が気遣った。

「お迎えに参りましょうや」

「どこへ行かれたか、おぬしは知っているのか」

河野に笹山が問うた。

「いえ」

「わからずにどこまで行くというのだ」

「……………」

笹山に言われた河野が黙った。

「貴殿はご存じか」

仁敷が笹山に訊いた。

「儂も聞かされておらぬ」

笹山が首を横に振った。

「小田どのには隠しごとが多いと思われぬか」

川原田が一同を見た。

「それは……」

「むうう」

仁敷、河野が唸った。

「我らの頭として、いろいろ動いておられるからの」

笹山がかばった。

「果たしてそうでございましょうや。今回のことでも所司代の佐々木どのと交渉された功績は認めましょうが、受け取った金を一人で持っておられるというのはいかがでござろう。誰か一人を警固で同行させてもよろしかろう」

「金……小田どのが持ち逃げされるとでも、おぬしは言うのか」

笹山が川原田を睨んだ。

「五十両だぞ」

「うっ……」

金額を言われた笹山が詰まった。

五十両は大金であった。一両あれば庶民家族が一カ月生活できる。武家でいうならば百石取りの武士の年収にほぼ等しい。

襲撃の失敗で、京に留まるしかなくなった松平周防守の家臣たちにとって金は命綱であった。

「のう、笹山どの」

「なんだ、川原田」

呼びかけられた笹山が、応じた。

「この仕事せねばならぬのでございましょうや」

「なにを言うか、川原田。これは主命だぞ」

笹山が驚いた。

「主命とはいえ、幕府役人を襲って無事にすむと」

「……なにが言いたい」

声をひそめた川原田に、笹山が表情を変えた。

「幕府役人を襲うは謀叛同様。それを犯した者を藩が抱えている。その危険を……」

最後まで川原田は言わなかった。

「口封じされると」

「……………」

無言で川原田がうなずいた。

「ばれれば殿のご隠居どころではすみませぬぞ。功績ある譜代とはいえ、殿は切腹、藩は改易になりましょう。そして、ことをなした我らほどたしかな証《あかし》はございませぬ」

「…………」

今度は笹山が黙った。

「この任に選ばれたとき、我らはすでに詰んでいるのではございませぬか」

「…………」

笹山が沈黙を続けた。

「戻りましょう」

「……藩命を放って江戸へ帰るなど。放逐されるぞ。どうやって生きていく。禄を失った浪人に世間は冷たいぞ」

「それはありえませぬ」

川原田が否定した。

「どういうことだ」

「今回の役目は表にできませぬ」

「たしかにな」

笹山も認めた。

当たり前であった。藩の命令で禁裏付を討ちにいってましたなどと、友人や両親、兄弟にさえ明かすことはできない。

「つまり、失敗はないということでございまする」

「……ふむ」

笹山が思案した。

「……いや駄目だ」

考えた笹山が首を横に振った。

「我らは国元への異動を命じられている。それを破ることになる」

「国元に帰れば……」

「殺されるかも知れぬな」

二人が顔を見合わせた。

「成功しても、失敗しても殺される。理不尽でございましょう」

「それが家臣というものだ。藩のために死ぬ。それがあるから手柄もなにもない者に代々禄を支給してきた」

笹山が建前を口にした。

「黙って死ねと」

「……それしかあるまい。逃げれば先祖の名前にも傷が付く。一族にも迷惑がかかる。藩を抜けるのは、最大の不忠だ」

藩士が主家を脱する。これは主家が仕えるに値しないとの意思表示とされ、藩の名誉を大きく損なった。

「ご家中が脱されたそうで」

「よほど肚に据えかねることでもあったのでしょうかの」

知られれば、藩主が江戸城中で笑いものになる。

「藩政行き届かず……」

下手をすれば幕府から咎められ、減封や転封を喰らいかねない。

もちろん藩を脱する行為は徹底して隠され、逃げた藩士には上意討ちの追っ手が出される。だけでなく、一族にも罪は及んだ。

笹山の言葉にも一理あった。

「……わかりもうした」

川原田が引いた。

「…………」

その場に残っていた者たちが、皆重い空気に沈んだ。

十一代将軍家斉は、目の前三間（約五・四メートル）の下座で幕政の報告をおこなう松平定信を面倒くさそうに見ていた。

「……印旛沼《いんばぬま》開拓の失敗による損失は十万両をこえましてございまする」

松平定信が、田沼意次の推し進めた事業中止に伴う勘定を報告した。

「で、越中は、躬になにを求めておるのか」

「主殿頭がしでかした失策の損失をお知りいただくため……」

「だから、知ってどうせよと。まさか、十万両を躬に弁済せよというのかの」

「そ、そのようなことは決して……」

家斉の言いぶんに松平定信が慌てた。

で」

「もちろんでございまする。これらはわたくしども執政が後始末をいたしまするの

「なにもせずとも……」

確認する家斉に、松平定信がうなずいた。

「ならば報告も不要であろう。躬は知ってもなにもせぬのだ。ならば、最初から気分を悪くするような話を聞かせるでないわ」

家斉が不快そうに顔をゆがめた。

「それは違いまする。上様は幕府の長。すなわち天下人でございまする。天下のことをご存じでなければ政をなすことは難しゅうございますれば」

松平定信が君主の在り方を語った。

「では、躬に政をさせるというのだな」

「いえ。些末《さまつ》なことで上様のお手を煩わせるわけにも参りませぬ」

家斉の言葉を松平定信が否定した。

「矛盾だの、越中」

「……………」

松平定信が沈黙した。

「将軍というのは、最後に責を負う者だ。おぬしたちがなにをどうしようとも、すべては躬が被らねばならぬ。ならば、知っていても知らなくても同じであろう」

「…………」

「ならば不快な話をするな」

強い口調で家斉が告げた。

「はっ」

将軍の命である。

「それよりも越中、父の大御所称号の話はどうなっておる」

家斉が話を変えた。

「……ただいま、手を打っておりまする」

松平定信が答えた。

「いつぐらいに決まる。今月末か、来月か」

「なにぶんにも、相手はあの公家でございまする。なかなかに一筋縄ではいきませず」

日時をきろうとした家斉を、松平定信が抑えようとした。

「それをどうにかするのが、執政の任であろう」

「仰せのとおりでございまする」

正論に松平定信は認めた。

「主殿頭ならば、どうしたであろうのう」

「…………」

松平定信が黙った。

「よき報せだけを聞きたいものじゃ」

暗に家斉は、松平定信の顔を見たくないと言った。

「…………」

答えるわけにはいかなかった。拒めば不忠、従えば執政としての資質に欠ける。どちらでも政敵にとっては松平定信を攻撃する材料になる。

松平定信は聞こえなかった振りで、下がっていくしかできなかった。

執政筆頭とはいえ、家臣でしかない。いつ罷免されても文句は言えなかった。

「まずいな」

執務を終えて、屋敷へ帰った松平定信が眉間にしわを寄せた。

「津川と霜月は、そろそろ京へ入るはずだ。これで禁裏付の警固はなんとかなろう。問題は朝廷だが……」

松平定信が目を閉じた。

「典膳正は役に立つまい。百鬼夜行にたとえられる公家を、あのような若僧が説得できるとは思えぬ」

いつの間にか目の前におかれていた湯飲みを松平定信は手にした。

「……公家への対応は所司代にさせるべきだが……戸田因幡守は敵だ。禁裏付以上に使えない」

白湯を喫しながら松平定信は考えた。

「儂が京へ行ければ、公家どもなどあっさりと抑えつけてくれるものを……」

松平定信が独りごちた。

老中が江戸を離れるのは無理ではなかった。幕初、朝廷とのやりとりのため、老中が上洛したことはままあった。

しかし、泰平の世が続き、朝廷も幕府の指示に抗わなくなって、老中が江戸から京へ出ていくことはなくなった。

「江戸を離れるわけにはいかぬ」

政敵田沼主殿頭を倒し、その仲間松平周防守、水野出羽守らを執政から放逐したとはいえ、松平定信は完全に幕府を掌握していなかった。

「江戸を離れるということは、上様を野放しにしてしまう」

松平定信が苦い顔をした。

「御輿を奪われれば、余が追放されてしまう」

厳しく田沼意次の残党を咎め、幕政を倹約に染め替えようとしている松平定信への反発は大きい。

細かいことを気にしなかった田沼意次のもと、幕府役人は余得を甘受できていた。賄賂も咎められず、役人であるというだけで裕福な思いをしてきた。

それが一気に変化した。

「職務にかかわるかかわらないを区別せず、他人から金やものを受け取ることを禁ず。また、特定の者に便宜をはかることを許さず」

松平定信は一気に幕府の風紀を糺した。

「役目を解く」

「謹慎いたせ」

田沼意次の時代、やることもなく髀肉《ひにく》の嘆《たん》をかこっていた目付たちが、松平定信のお墨付きを得て動き、多くの旗本を咎め立てた。

「…………」

小役人ほど世のなかをよく見ている。たちまち役人たちは、松平定信の指示に従って、幕政改革に挑んだ。

だが、これは振りでしかなかった。

役職には既得権益がある。代々役目に就いた者が受け継いできた余得まで、松平定信は禁じた。結果、役人たちの収入は激減、贅沢に慣れていた者ほど辛《つら》い思いをする羽目になった。

「このままではすべてを失う」

小役人たちが、悲鳴を上げた。

「なんとかして倹約を遅らせねば」

普段は仲の悪い役人たちが手を組んだ。

「経済を知らぬお殿さまが、理想だけで動けばこうなるというに」

倹約令は、広く天下に布告された。旗本、御家人、せめて武士階級だけに限定していたならばまだよかった。が、松平定信は天下万民に贅沢を禁じた。

高価な櫛《くし》や笄《こうがい》、派手な衣装、贅沢な輸入品などを扱っていた店の経営がたちまち悪化した。商人だけではない。小間物や衣装を作っていた職人にも影響は出た。仕事が来なくなり、収入が途絶した。喰えなくなれば、その職を選ぶ者はいなくなる。技を伝承すべき弟子たちがいなくなり、連綿と続いた伝統が途切れかけている。

江戸の町だけでなく、全国の活気が衰えていく。

「きさまらごときに言われずともわかっておる」

松平定信は、小役人たちの不満を知っていた。

「贅沢になれるから、金が要るのだ。金が足りなくなるから借りる。借りれば利子が付く。借財は増え続ける。借金までして贅沢をするなど論外じゃ。収入の範囲で生活すれば、金の苦労などせずともすむ」

松平定信の理念である。

「たしかに贅沢を禁じれば、困る者もでてこよう。だが、これは一時のこと。食べていけぬのならば、百姓をすればいい。我が国にはまだまだ開拓できる余地がある。自力で山を切り開き、米を作ればよいだけじゃ。このていどのことで絶えるような伝統ならば、いずれ消え去っておる。真に価値あるものは、どのような時代であれ褪《あ》せぬわ」

文化にも松平定信はふるいを掛けた。

「贅沢品を作れなくなれば、他人と競うこともない」

松平定信は、信念を曲げなかった。

「江戸を留守にはできぬ」

重石がなくなれば、松平定信に反目する者が蠢《うごめ》くのは、まちがいない。そのとき京にいれば、何が起こったかを知るに七日、対応を指示するに七日かかる。合わせて十四日もあれば、ぼやが大火事になって、消し止めるどころか灰燼《かいじん》に帰してしまう。

松平定信は、江戸を出るわけにはいかなかった。

「誰かに代理をさせるというわけにもいかぬ」

今の老中たちは、皆松平定信の配下である。とはいえ、松平定信が老中になるため、仇敵田沼意次に賄賂を贈ったように、皆、同じ手で出世をしてきた。ただ、最後の最後で転んだ田沼意次から松平定信へ寝返っただけなのだ。

松平定信がいなくなれば、老中たちがふたたび田沼意次の側にひっくり返るかも知れない。当然、京へ行かせても十全な働きをする保証はなかった。

「やはり京都所司代を吾が手の者と入れ替えねばならぬな」

松平定信が戸田因幡守の更迭《こうてつ》を決意した。

「津川と霜月に、連絡を付けねばならぬ……右筆を」

手紙の代筆をさせるべく、松平定信が右筆を呼び出した。

二

小田は困惑していた。

無頼を雇うつもりで京洛をうろついてみたが、馴染みのない土地でどこを訪ねていいかわからなかった。

「どこかで人殺しを厭わぬ者を雇えぬか」

そう訊いて回るわけにもいかない。

「浪人さえおらぬ」

江戸ではどこにでもいる浪人の姿を見ることもできなかった。

「金を渡す相手がない」

小田は肩を落とした。

「佐々木どのを頼るしかないか」

一日で小田は折れた。

「恥を忍んで……」

もう一度小田は佐々木を訪ねた。

「伝手ならある。紹介はしてやらぬ。儂が手配しておく。金を返してもらおう」

佐々木が要求した。どこにも闇はある。主君の任を全うさせるには、闇とのつきあいもしなければならない。佐々木は京を牛耳《ぎゅうじ》る香具師《やし》の親方を知っていた。

「明後日、禁裏からの帰りでな。さっさと帰れ。もう、二度と顔を出すな」

犬の子を追い払うように、佐々木が手を振った。

「……十両もあればいいか」

佐々木が返ってきた金のうち四十両を懐に入れた。

香具師とは露店や大道芸をする者たちのことをいう。祭があれば寺社に、なければ人通りの多いところで店を開いたり、手妻を見せたりしている。香具師の女には、身体をひさぐ者もおり、正業とは言い難いところもあるが、やくざとは違って、庶民に暴力を振るったり、金をたかったりはしない。

「これで行列の邪魔をしてもらいたい」

佐々木が京の香具師を束ねる親分を訪れた。

「どういうことで」

親分が内容を訊いた。

香具師は京都町奉行所というより、所司代に近い。香具師は基本、寺社に属する神人あるいは寺男の形を取るからであった。当然、町中で店を出す、大道芸を見せるときなどは、町奉行の支配下になるが、普段は寺社奉行の管轄になる。寺社奉行は、京都町奉行よりも格が高いことや、所司代に就任する大名は寺社奉行を経験しているのが慣例であったなどから、香具師たちは所司代のもとに頭を垂れていた。

「とある侍が禁裏付を襲う。そのとき、行列の供たちが加勢せぬようにしてもらいたい」

佐々木が肝心なところを飛ばして説明した。

「戦いに参加させねばよろしいので」

「ああ。怪我などさせてくれるな。町奉行が出しゃばってはうるさい」

禁裏付が討たれただけならば、町奉行所は動けない。京洛の安寧を担っているとはいえ、禁裏付は旗本である。旗本の万一は江戸の目付の仕事であった。

だが、京洛の民である雇われ供たちが死ぬようなことがあれば、町奉行所が探索できた。

「それやったら、大事おまへん」

香具師の親分があっさりと引き受けた。

決戦の朝、小田たちは一人仲間が欠けていることに気づいた。

「川原田がおらぬ」

「誰か知っておるか」

残った六人が顔を見合わせた。

「じつは……」

笹山が数日前のやりとりを小田に告げた。

「逃げたか。おろかな。駆け落ちは重罪だというに」

小田が嘆息した。

「一族にも迷惑がかかるのだぞ」

己のことしか考えない川原田に小田が憤った。

「川原田に一族はおりませぬ。すでに父母はなく、川原田は一人息子でござる」

河野が口を挟んだ。

「親戚があろう」

「父の相続のおり、なにやらもめたようで、義絶状態だと聞いたことが……」

累は直系だけでなく傍系にも及ぶと言った小田に、河野が首を横に振った。

「ちっ。武士の風上にもおけぬ。いや、今更申しても遅いな」

小田が川原田のことを切り捨てた。

「手筈《てはず》を確認するぞ。今日の八つ半（午後三時ごろ）、禁裏を出た行列を百万遍の角で襲う。行列の供どもは、手配した無頼どもが対応する。磯崎、そなたは警固の侍を押さえよ。言わずもがなだが、倒せれば倒せ。そのあとは、百万遍の組屋敷から与力、同心どもが来ぬかどうかを見張り、やってきたならば、邪魔をいたせ」

「承知」

磯崎が首肯した。

「残りで一気に禁裏付の駕籠を襲う。できるだけ外に出さず始末を付ける。仁敷、そなたはこれを遣え」

小田が槍を出した。

「これは……」

仁敷が目を剝いた。誰も槍を持参してはいなかった。

「儂の差し料と交換して参った」

小田の腰から太刀が消えていた。

「おぬしは剣よりも槍を得意としていただろう」

「……小田どの」

仁敷が息を吞んだ。

「その代わり、そなたの差し料を今だけ、貸してくれ。終わったら研いで返す」

「業物《わざもの》でもございませぬが……」

求められた仁敷が太刀を腰から外した。

「さて御一同。一人卑怯者がでたが、残った者は皆、藩のために命をかける忠義者ばかり。きっとことはなせる」

小田があらたまった。

「おう」

「我らが勝つ」

一同も首を縦に振った。

「ことがなろうがなるまいが、儂が倒れたり、合図をしたならば、その場から浜田に向かう。決して京洛で捕まってはならぬ。万一怪我で動けぬとか、捕まってしまったならば……」

一度、小田が言葉を切った。

「いさぎよく、自裁いたせ」

小田が生きて虜囚となるなと命じた。

「……………」

全員が無言で決意を表した。

「では、盃《さかずき》を交わそう」

最後にと残しておいた酒を、小田たちは呑んだ。

「参るぞ」

小田が先頭に立った。

隠れ家から出てきた小田たちを、京都東町奉行所同心がしっかりと見ていた。

「……槍を持ちだした」

同心が状況を確認した。

「……四、五、六人……あれで全部のようだ」

数えた同心が首をかしげた。

「夜明け前に京を出た一人を除いた全員か。お奉行さまにお報せせねば」

同心が首肯して、走り出した。

「小田氏、見張りが走り去った」

磯崎が気配をしっかりと摑んでいた。

「放っておけ。今さら、町方になにもできぬわ」

小田が手を振った。

禁裏に昇った公家たちは、身分によって与えられた控えの間で過ごした。これを公家の間といい、紫宸殿《ししんでん》から廊下を伝って南にあった。

公家の間は最上段になる虎の間、中の間の鶴の間、下段となる桜の間に分かれている。五摂家は、虎の間に座した。

「暑うおすな」

虎の間に入った二条大納言治孝は、愚痴を挨拶代わりにして末席に腰を下ろした。

五摂家の家格については近衛を筆頭、九条をその次席とする。その他の二条、一条《いちじょう》は九条《くじょう》の分家、鷹司《たかつかさ》は近衛の分かれと一段遠慮した。

これは身につける衣装にも出ており、夏において身につける直衣《のうし》は顕文紗文穀、袍《ほう》が浮線蝶丸に家紋と決まっているが、近衛と九条には特例があった。

近衛が少納言以上のとき袍に立涌中窠、九条家は摂政のときだけ袍窠中唐草が許された。

しかし、五摂家はその名のとおり、摂政、関白を独占する。当然、朝廷第一位、人臣位を極める関白が重んじられ、その在任中は近衛を抑えて筆頭としての扱いを受けた。

「左大臣どの」

少しして二条大納言は、隣にいる一条左大臣輝良《てるよし》に声をかけた。二条大納言が三十五歳、一条左大臣が三十三歳と年齢が近く、ともに九条の分家という出もあり、二人は親しく交流を重ねていた。

「なんや大納言どの」

一条左大臣が用件を問うた。

「今日、お帰りにお寄りやす。暑気払いのお茶でもしましょ」

茶会の誘いを二条大納言がした。

「暑気払い……よろしいな。今年はいつにもましてきつい暑さや。少しは涼まんと、身がもたんわ」

一条左大臣が受けた。

「ほな、お待ちしてますわ」

二条大納言が笑いかけた。

昇殿したところで、することなぞない。出された昼餉を終えてしまえば、禁裏にいる理由もなかった。

「ほなの」

関白に就任したばかりの鷹司輔平《すけひら》が、最初に虎の間を出ていった。

「帰るわ」

続いて近衛右大臣経熙《つねひろ》が立ちあがった。

「九条はんとこはたいへんやなあ」

「まだ九歳か、十歳やろ。先代関白はんも無念やったろうな。息子を先に失い、孫を跡継ぎにしたはええけど、一人前にすることなく死ななあかんかったからなあ」

二条大納言の嘆息に一条左大臣が同意した。

「まあ、七十歳をこえたんやさかい、天寿やろうけど。幼い跡継ぎを遺《のこ》していかなあかんのはたまらんやろ」

一門の長者であった九条尚実《なおざね》は長く摂政を務め、ようやく念願の関白にあがったところで急死した。尚実の跡継だった道前、その子輔家はすでに亡く、家督を継いだ九条輔嗣《すけつぐ》は、まだ五歳になったばかりであった。

地位を、家の勢いを増すことしかすることのない公家、その頂点に立つ五摂家である。少しの隙でもあれば、相手を蹴落とそうとする。

九条家も念願の関白までたどり着いたが、その勢いを受け継ぐ次代が早世してしまったため勢力を築く間もなく当主が死んでしまった。せめて跡継ぎが中納言や大納言として召し出されていたならば、亡父の人脈などを受け継げただろうが、五歳や六歳の子供ではどうしようもない。

陰謀渦巻く朝廷の海を泳ぎ渡るには、あまりに幼すぎる。

「九条はんは、当分、浮かばんやろ」

「あわれな」

一条左大臣と二条大納言がいたましげな顔をした。

公家たちは武家の台所門ではなく、車寄せから牛車に乗り、唐門を出ていく。

「禁裏付の行列か。臨時の雇われはあかんの」

牛車の御簾から外を透かし見た二条大納言が、暇そうにしている供たちに苦笑した。

遅いものの代表とも言われる牛車である。招く側の二条大納言を先頭に、ゆっくりと荷台の牛車が御所の壁にそって進んでいった。

「お帰り」

いくら歩みが遅いとはいえ、二条家は御所に近い。

二台の牛車が今出川の二条屋敷に着いた。


二条大納言と一条左大臣の二人が、牛車から御殿へあがったころ、鷹矢が台所門を出てきた。

「お待ちしてました」

行列差配の大峰が頭を下げた。

「どうかしたのか」

いつもの京言葉でない大峰に、鷹矢は違和を感じた。

「なんでもおまへん」

あわてて大峰が口調を変えた。

「そうか。檜川、なにもなかったか」

家臣に取り立てた警固の侍に鷹矢は問うた。

「今のところは……」

檜川が歯切れの悪い答えを返した。

「なにかあったのか」

駕籠に入りながら、鷹矢は問うた。

「あの角に武家の姿が……」

小声で檜川が告げた。

「刺客……」

「わかりませぬ」

檜川が首を振った。

「注意しておいたほうがよいな」

「その通りだと思いまする」

新しい主従が顔を見合わせた。

「典膳正はん。そろそろ」

いつまでも行列を止めておいては邪魔になる。大峰が鷹矢を急かした。

「ああ」

うなずいて鷹矢は駕籠のなかへ入った。

「出しまっせ」

大峰の合図で、駕籠が持ちあげられた。

禁裏付の行列も格式を洛中に見せつけなければならない。決して走ることなく、ゆっくりと歩む。とはいえ、牛車よりは速い。

行列は、仙洞御所の前を過ぎて、右へ曲がるべき角に近づいた。

「来たぞ」

待ち伏せていた小田が、一同に注意を促した。

「磯崎、行け」

「承知」

最初に最大の脅威を抑えるべく、小田が磯崎を出した。

「よし、我らも続くぞ。遅れるな」

小田が率先して走り出した。

「むっ」

最初に気づいたのは警戒していた檜川であった。太刀を抜いて駆けてくる磯崎を認めるなり、檜川は鷹矢の駕籠に被害を出さぬよう前に出た。

「陸尺、禁裏へ駕籠を戻せ」

「…………」

しかし、檜川の指示を陸尺たちは無視した。

「大峰。駕籠を動かさせろ」

白刃の脅威に動けなくなったのではないかと考えた檜川が大峰に声をかけた。

「…………」

大峰が目をそらした。

「こいつ……」

そこで檜川が疑念を抱いた。

「ちぃい」

だが、すでに檜川と磯崎は戦いの間合いに入っていた。ここで背を向けるのは、死を許容するに等しい。

「さっさと片づけるしかない」

檜川は磯崎を倒し、駕籠の警固に戻るしかないと判断した。

「わああ」

「どけええ」

小田に率いられた刺客たちが、行列へ迫った。

「なにごとだ」

鷹矢が駕籠の扉を開けた。

「……あいつは」

近づいてくる笹山と河野の顔を鷹矢は見忘れていなかった。

「駕籠をおろせ」

鷹矢が陸尺に命じた。

担がれている駕籠は不安定である。飛び出そうとしたとき、どのように揺れるかわからない。真剣での戦いに、わずかでも危惧をはらむわけにはいかなかった。

「…………」

「聞こえなかったのか、駕籠をおろせ」

動かない陸尺に鷹矢は苛立った。

「…………」

鷹矢に睨まれた陸尺が目を合わさなかった。

「まさか」

嫌な予感に鷹矢は周囲を見た。

槍持ちはかなり離れたところに逃げ、大峰たちは刺客が通りやすいよう、横へ寄っている。

「裏切ったな」

鷹矢が叫んだ。

「しゃあおへん。死にたくはおへんから」

さすがに気に病むのか、大峰が苦い顔で言った。

「覚えておれ」

鷹矢は大峰から陸尺へと目を向けた。

「死にたくなければ、駕籠をおろせ」

鷹矢は狭い駕籠のなかで脇差《わきざし》を抜き、前棒の陸尺を脅した。

「ひっ」

白刃を尻に突きつけられた前棒が息を呑んだ。

「そのまま抱えていろ」

駆け寄って来た仁敷が槍を手元にたぐった。

「…………」

間に合わなくなる。駕籠のなかで槍を喰らえばまず助からない。鷹矢は脇差で陸尺を突いた。

「ぎゃあああ、斬られたああ」

大仰な悲鳴を上げて陸尺が駕籠を放り出した。

前棒がなくなれば、後棒一人で支えられるはずもなく、駕籠は地に落ちた。

「ちいいい」

仁敷の槍が、鷹矢の頭上を通った。

駕籠が落ちた分、槍の位置が高くなったのだ。

「ふうう」

衝撃に備えて姿勢を低くしていたのも幸いした。

「くそっ」

手応えのなさにかわされたと知った仁敷が舌打ちをした。

「……やああ」

もう一撃と槍を引こうとした仁敷だったが、駕籠の扉と屋根を貫いたけら首が引っかかった。

槍の穂先、そのすぐ根元をけら首といい、突き刺さったときやなにかとぶつかったとき、力のかかる場所である。当然、折れないように太くなっていたり、糸を巻いた漆で固めてあったりする。そこが引き抜きの阻害になった。

「くそがあぁ」

力任せに仁敷が抜いたが、ほんの一瞬だけ、遅滞した。

「今」

鷹矢は槍との戦いを避けて、駕籠から転がるように出た。

「逃がすか」

仁敷が鷹矢を追撃しようとしたが、駕籠の前後に出ている棒に邪魔されて、大回りしなければならなくなった。

「……えいっ」

鷹矢は手にしていた脇差を仁敷に向けて投げつけた。

槍と剣の差は、その間合いにある。槍の間合いは、その柄のぶんだけ長く、剣の届かないところから攻撃できる。その利を鷹矢は脇差を投げることでなくした。

槍は長いだけに手元に飛びこまれると弱い。飛んできた脇差への対応は槍にとって不得手なものになった。

「あっ」

咄嗟に振った槍の柄に脇差の柄が当たり、胸へと刺さるはずだった脇差は、より柔らかい脇腹を貫いた。

「ぐううう」

左の脇腹から脇差を生やした仁敷が呻いた。

「仁敷……」

河野が叫んだ。

「構うな。あやつを討つことだけを考えろ」

小田が冷たい指示を出した。

「……おう」

うなずいた河野が、怒りの眼差しで鷹矢を見つめた。

「死ね」

河野が太刀を振りあげた。

三

磯崎と対峙《たいじ》している檜川は、鷹矢の危機を知りながら助けに行けなかった。

「遣う……」

鷹矢のほうへ向かおうと背を見せれば、まちがいなく斬られる。檜川は唇を噛んだ。

「どうした」

対して磯崎は余裕であった。なにせ勝たなくていいのだ。檜川を釘付けにするのが仁敷の役目である。斬りかかられても応じず、かわせばすむ。

「……くっ。このままではせっかくの仕官が」

檜川が苦渋の顔をした。

浪人は辛い。明日の保証がないからだ。今ある米櫃《こめびつ》の中身がなくなったとき、補給できるとは限らない。たとえどれだけ剣術ができようとも、それでは金にならない。弟子を集めて、修行を続けさせなければ、剣術道場は食べていけなかった。

かった。


「ほう、筋がよろしい」

「お見事。上達が早い」

剣術道場の主は、弟子の機嫌を取らなければやっていけない。それを檜川はできなかった。

「腰が高い」

「先日教えたばかりなのに、忘れたか」

「やる気がないなら止めておけ。才能はない。努力して人並みだ」

嘘を吐けなかった。

泰平の世である。本気で剣術を学ぶ者などは少ない。また、そういった者たちは、より有名な道場へ通う。檜川がやっていた道場に来るような弟子は、浪人の子供、あるいは大坂屋敷詰めの藩士、少し腕を磨いていい格好をしたい町人である。それに厳しい言葉を投げれば、続くはずもない。

檜川は喰うや喰わずの日々を送っていた。

飢えに怯《おび》える日々がやっと終わった。東城家の家臣として小禄とはいえ、抱えられたのだ。身分も庶民から武士にあがった。

だが、今、ここで鷹矢を死なせれば、そのすべては無に帰す。

「ならば……死ぬまで」

ふたたび浪人になるならば、死んだほうがましだと檜川が肚をくった。

「まずい」

檜川の雰囲気が変わったことに、磯崎が息を呑んだ。

「おうりゃあ」

青眼の太刀を右肩に担ぐようにして、檜川が前に出た。

「くっ……」

さきほどまでとは違う気迫に、磯崎が呻いた。

「下がればつけこまれる」

磯崎もできる。だけに気づいた。つけこまれれば、不利になる。腕が拮抗《きっこう》しているときには、致命傷になった。

「やあ」

磯崎も覚悟を決めた。

槍を排除できたが、まだ敵は四人いた。鷹矢は太刀を手に前に出た。

「待っていては囲まれる」

走ってくる敵にはそれぞれ足の速さに違いがあった。立ち止まって四方を囲まれれば、一通りの武芸しか学んでいない鷹矢に勝ち目はなかった。

「わあああ」

恐怖を消し去るために、大声を出しながら鷹矢は、河野目がけて駆けた。

「こいつっ」

向かって来るとは思っていなかった河野が、一瞬足を緩めた。

「下がれ、全員で対処する」

小田が足並みを揃えろと指図した。

「ああ」

河野が小田たちに近づこうと下がった。

「よし」

攻めてくる勢いが止まったのを見た鷹矢は踵を返した。

「あっ」

「なんだ」

迎え撃とうと出てきた鷹矢が背を向けたことに、小田たちが戸惑った。

「……追え。禁裏に逃げこまれてはまずい」

あわてて小田が命じた。

「おう」

「逃がすか」

河野たちが駆け出した。

鷹矢は逃げきれないとわかっていた。攻めてくる側は準備万端、足も草鞋《わらじ》でしっかりと固めている。それに比して、駕籠から飛び出した鷹矢は足袋裸足《たびはだし》である。地面のでこぼこや石が足下を痛めつけてくる。

「……借りるぞ」

鷹矢は仁敷の手からこぼれた槍を拾いあげた。

「しまった」

それを見た小田が苦い顔をした。

槍は突くだけでなく、薙《な》ぐこともできる。槍の間合いに踏みこむのはかなりの困難を要した。

「囲め」

小田が一同に指示をした。

「どけ、邪魔だ」

じっと立ったままなにもしない供たちを、河野たちが突き飛ばした。

「四方から同時に襲いかかる。槍とはいえ、一人にしか穂先は届かぬ。一撃を喰らった者は運が悪かったとあきらめてくれ」

小田が一同に言った。

「すでに命は捨てておりまする」

「いつでも」

一同が同意した。

「行くぞ、一、二……三」

小田が合図をした。

「やああ」

「りゃああ」

四人が一斉に突っこんできた。

「来るなあ」

突いては一人しか倒せない。鷹矢は恐怖もあって、槍を大きく薙いだ。

「あつっ」

河野の右脇を穂先がかすり、わずかに勢いを削がれながらも回った槍が笹山の身体に突きたった。

「がっっ」

痛みに河野が呻いて止まり、腹を刺された笹山が苦鳴を発した。

「抜けぬ」

「させぬわあ。道連れじゃあ」

槍を手元に戻そうとした鷹矢を刺されながら槍を摑んだ笹山が妨害した。

「しかたなし」

鷹矢は槍を捨てて、足下に転がしておいた太刀へと得物《えもの》を替えようとした。これは悪手であった。身体を屈《かが》めることで大きな隙ができた。

「死ね」

「くらええ」

残りの二人が、動きの止まった鷹矢に襲いかかった。

「……………」

最期《さいご》を悟った鷹矢が目を閉じた。

「ぐえっ」

「ぎゃああ」

鷹矢の耳に末期の悲鳴が聞こえた。

「死にかけるのが好きな御仁じゃ」

「まったく」

覚えのある声が鷹矢のすぐ側でした。

「……まさか」

目を開けた鷹矢の前後を守るように津川一旗と霜月織部が立っていた。

「お久しぶりでございますな」

津川一旗が槍をまだ摑んでいる笹山の首に止めを刺した。

「なんだ、きさまら」

かすり傷ですんだ河野が津川一旗と霜月織部を詰問した。

「越中さまの手じゃ」

霜月織部がするすると間合いを詰めた。

「なんの」

河野が応じようと太刀を上段に構えた。

「周防守の家臣よ。このことを越中さまはご存じじゃ」

「……な、なにを」

主君の名前を出された河野が動揺した。

「報いは松平周防守家に行くと知れ」

冷酷に霜月織部が断じた。

「うわあああああ」

河野が恐慌に陥った。大口を開けてわめきながら、霜月織部に斬りかかった。

「愚かな。怒りは身体を硬くする」

あきれながら霜月織部が迎え撃った。

振り落とした太刀を跳ねあげた霜月織部の切っ先が、河野の喉を貫いた。

「……かふっ」

血とともに空気を漏らして、河野が絶命した。

「……馬鹿な」

檜川と斬り合っていた磯崎が、仲間の全滅を知って呆然とした。

「隙あり」

拮抗している戦いの最中に気をそらすなど、決してしてはならない失策であった。

檜川は見逃さなかった。

小さく振った切っ先が、磯崎の首の血脈を切った。

「…………」

喉をやられた磯崎が声も出せずに崩れた。

「……殿」

残心の構えも取らず、檜川が鷹矢へ駆け寄った。

「ご無事で……このお二人は」

檜川が津川一旗と霜月織部を警戒した。

「そちも大事なかったようだな。よく生き残った。このお二人は、知り合いじゃ」

詳細を伝えず、鷹矢がごまかした。

「まずは御礼を。助かりましてござる」

鷹矢が太刀を背中に回して二人に頭を下げた。

「警固を付けられていたのがよろしゅうござった」

津川一旗が鷹矢を褒めた。

「いや、お役に立てませなんだ。恥じ入りまする」

檜川がうつむいた。

「違うぞ。おぬしがあやつを押さえていたからこそ、我らが間に合った。あやつは相当に遣った。あれが最初から参加していたら、今ごろ東城どのの首はつながっておらぬ」

「畏れ入りまする」

霜月織部の言葉に檜川が感謝した。

「さて、我らはこれで」

津川一旗と霜月織部が、太刀を拭って鞘へ戻した。

「ご両所はなぜ京へ。お役目でござるか」

鷹矢が尋ねた。

「お役目ははずれましてござる。我らは京八流と呼ばれる古流武術を学ぶために京へ遊学に参ったのでござるよ」

津川一旗が語った。

「……遊学」

「そういうことでござる」

怪訝な顔をした鷹矢に、霜月織部が笑った。

「…………」

遊学という意味をそのまま受け取るには、鷹矢はすれていた。鷹矢は二人が松平定信の寄こした警固兼見張りだと推測した。

「後始末をせねばなりますまい」

「あっ」

言われて鷹矢が理解した。六人の武家を討ち果たしたことに問題はでない。役人の行列を無頼が襲ったのだ。返り討ちして当然である。ただ一つ、禁裏がそれではすまなかった。

「禁裏は清浄なところ。血で汚れたとなれば、精進潔斎をして身を清めねば、昇殿はできぬ」

七日の精進潔斎をしなければ鷹矢は昇殿できない。無理に押しての昇殿などをすれば、朝廷から厳しい苦情が出され、禁裏付を解かれかねなかった。

「黒田伊勢守どのにお話しをせねばならぬ」

二人勤務の禁裏付が一人になるのだ。その間の無理を頼んでおかねばならなかった。

「町奉行所にお届けをお忘れにならぬよう。さて、今夜の宿を確保せねばならぬので」

言い残して二人が去って行った。

「檜川」

「禁裏屋敷へ走り、人を呼んで来てくれ。吾はここで待つ」

「承知」

「お待ちを」

鷹矢の指示で走り出そうとした檜川を大峰が止めた。

「……………」

余計な口出しをした大峰を、鷹矢が氷のような目で見た。

「そのお役目は、わたくしが行きま。檜川はんは、典膳正はんの警固を」

大峰が進み出た。

「ふん。それを信用せよと」

鷹矢が鼻先で笑った。

「もう終わりましたよって。このお方たちが襲っているあいだは、なにもするなと言われてましたんや」

「誰に」

説明する大峰を鷹矢は問い詰めた。

「わたいらの親方ですわ。洛中の神人らをまとめてはるお方の言わはることに逆らえまへん。嫌やいうたら、明日から生きていけまへん」

しかたなかったと大峰が言いわけをした。

「それもこの人らのぶんだけですわ。それ以上はなんも言われてまへん。よって今からは、普段通りちゅうことで」

「……わかった。行け」

いけしゃあしゃあと言う大峰に、鷹矢は手を振った。

「ほな」

大峰が大きく左右に身体を振りながら走っていった。

「これが……京」

江戸とまったく違った京の人に鷹矢は呆然とした。

四

禁裏と仙洞御所近くでの闘争である。町奉行所が駆けつける前に、噂はかけまわった。

「御所はん」

一条左大臣を招いて茶会をしていた二条大納言のもとへ、松波雅楽頭が顔を出した。

「なんや、雅楽頭。えらい慌ててるやないか」

「…………」

「かまへん。左大臣はんは、一族じゃ」

ちらと一条左大臣を見た松波雅楽頭に、二条大納言がうなずいた。

「報せがおました。今、仙洞御所の前で禁裏付の典膳正が襲われたそうで」

「ほう」

「それはえらいこっちゃな」

二条大納言と一条左大臣が驚いた。

「で、典膳正は生きてんのかいな」

「無事やったそうでございまする」

確かめた二条大納言に松波雅楽頭が答えた。

「そらめでたい。死なれたら今までの苦心が無駄になるとこやった。ご苦労はん」

下がれと二条大納言が松波雅楽頭に命じた。

「大納言どのよ。ひょっとして」

「……そうや。今日の茶会の馳走は、禁裏付のことやねん」

問うた一条左大臣に二条大納言が首肯した。

「九条はんが、頼りにならん」

「たしかに。家督を継いだとはいえ、まだ子供や。とても近衛とやり合うことはできん」

一条左大臣も二条大納言の意見を認めた。

「こんままやったら、またぞろ近衛の思うがままになる」

「六代将軍家宣《いえのぶ》のときの再来……か」

苦く頬を一条左大臣がゆがめた。

六代将軍家宣の正室に娘を差し出したことで近衛基熙《もとひろ》は、幕府の後押しもあって立身を重ねた。果ては関白を経て、豊臣秀吉以来百数十年にわたって空席になっていた太政大臣へ就任するなど、朝廷に君臨した。

その間、政敵であった一条兼輝《かねてる》を失脚させたり、姪《めい》を中御門《なかみかど》天皇の女御に押しこむなど、まさにかつての藤原道長を思わせる権勢を誇った。

もともと近衛家は強い。公家でありながら武家と堂々と渡り合い、乱世の三好長慶《みよしながよし》、織田信長《おだのぶなが》、豊臣秀吉を抑えたのも近衛家であった。

「今の御台所も近衛やしなあ」

「出は薩摩《さつま》やけど、近衛の養女になっとるからな」

二条大納言と一条左大臣が嘆息した。

十一代将軍家斉は、まだ一橋家の嫡男だったときに、薩摩藩主重豪《しげひで》の娘と婚約していた。同じ歳、三歳で婚姻を約された二人は、成長の後夫婦になるはずだった。そこに家斉に十一代将軍の座が転がり込んできた。めでたい話ではあったが、この婚約が問題になった。

「将軍の正室に、外様《とざま》の娘はふさわしからず」

徳川の一門、譜代大名らから苦情が出た。将軍の正室は宮家あるいは五摂家から出すという慣例があった。

「婚姻をやめる気はない」

三歳から一緒に育った幼なじみの許嫁を家斉は離さなかった。

「かたじけなし」

姫を守ってくれた家斉に感謝した島津《しまづ》家は、大金を積んで近衛に頼みこみ、茂《しげ》姫を養女にしてもらった。

養女とはいえ、近衛家の娘である。この縁組みで近衛は薩摩と将軍の両方に恩を売っていた。

「関白を近衛、鷹司で回されては困る」

五摂家の望みは、関白になることである。関白に就けるのはただ一人、五人で順繰りにしたところで、一代の間に回ってこない家もある。下手すれば、何代も関白に縁がないときもありえる。

実のない名ばかりの公家である。いつまでも関白になれなければ、なにを言われるかわからない。

「そこでやな、左大臣はん、ご一緒しまへんか」

「ご一緒……手を組んで近衛に立ち向かおうと言いはんのか」

一条左大臣が訊いた。

「近衛と鷹司を相手にするのは、代々のこと。今さら、言うまでもおへんやろ」

「ほな、なんや」

わからないと一条左大臣が先を促した。

「太上天皇号と大御所称号のことはご存じやろ」

「知ってる」

朝廷を大きく揺るがしていることがらである。公家で知らぬ者などいない。

「どっちに付くべきやとお考えか」

二条大納言が表情を引き締めた。

「近衛はどうせ幕府やろ。となれば、我らは自ずから帝になる」

「考えかたを変えてみまへんか」

「……考えかたを変える……」

一条左大臣が困惑した。

「太上天皇号と大御所号、そのどちらも為《な》させる。我らの力で」

「……近衛に手柄を立てさせへんと」

「こっちが手柄を立てる。我らの斡旋で幕府が太上天皇号を閑院宮さまに認め、その礼として一橋民部に大御所号を許す。その形にもっていけば、両方に恩が売れる」

「簡単に言うけど、難しいで。幕府は、いや、越中守は太上天皇号を認めへんと言うてるらしいやないか。そうなれば、今上はんが大御所号の勅許なんぞ出しはるわけない」

無理だと一条左大臣が首を左右に振った。

「越中守の手が京《みやこ》に来てますやろ」

「新しい禁裏付やな」

一条左大臣も知っていた。

「それを使えばなんとかなりますやろ」

「越中守が禁裏へ送りこんだ手を逆にひねるんか」

「禁裏付をこっちに取りこんで、江戸に偽りの情報を流す。どれだけ越中守が英邁やいうても、京を見るわけにはいきまへんからな。賢いと己を自負している者ほど、なんでも思い通りに動くと思いこんでる。それを利用すれば簡単ですやろ」

一条左大臣の疑問に、二条大納言が嘲《あざけ》りを浮かべた。

「なるほど。こっちのつごうのええように、江戸をたぶらかす」

一条左大臣が納得した。

「そのために弾正大忠の娘を禁裏付に宛《あて》ごうたんやな」

「……よう知ってはるな」

二条大納言が声を落とした。

「心配しいな。じつは、あまりに評判の美形やちゅうからな。側女にしたいと思うて、話をもちかけたら、もう決まってると断られてなあ。悔しい思いしたさかい、ちょっと調べてみただけや」

笑いながら一条左大臣が手を振った。

「ということは、麿の仕事は太上天皇号という代償なしで大御所称号をいう幕府の狙いを近衛が達成せんように邪魔すればええんやな」

「そうしてもらいたい」

一条左大臣の確認を二条大納言が認めた。

「……でや」

じっと一条左大臣が二条大納言を見た。

「うまくいったとして、麿と大納言はん。どっちが関白になるんや」

一条左大臣が低い声で問うた。

「順番や。順番。歳は左大臣はんが若いけど、官位は上や。まず左大臣はんが関白をしい。麿は後でええ」

「何年や」

期間を一条左大臣が訊いた。

「三年で交代や」

「短いな。五年はさせてもらいたい」

「麿が歳上やで。五年も待ってたら、死んでしまうかもしれんやないか」

おおむねの合意を得た二人が、条件闘争に入った。

「計画を立てて、女を手配したんは、麿やで」

「……わかった。三年と半年や」

細かく一条左大臣が値切った。

「しゃあないな。それでええわ」

二条大納言が承知した。

「でな。早速やけど、次の朝議でな。弾正大忠を蔵人に移してやらなあかんねん。発議するさかい、同意頼むわ。あと、親しい納言や参議も口説《くど》いといてや」

「さっそくかいな。わかった。わかった」

少しあきれながら、一条左大臣が引き受けた。


「やはり、見張っていた連中が禁裏付を襲った者であったか」

禁裏付襲われるとの報に池田筑後守が嘆息した。

「いかがいたしましょう」

東町奉行所付与力芦屋多聞が尋ねた。

「連中が潜んでいた家が、誰の持ちものかは調べてあるな」

「はい。一条戻り橋近くの伏見屋《ふしみや》の者で」

「伏見屋といえば、所司代出入りの漬けもの屋だったな」

「さようで」

芦屋多聞が答えた。

「戸田因幡守も貧したの」

「…………」

嘆息した池田筑後守に、芦屋多聞は反応しなかった。

「ここから崩すぞ」

「お言葉ではございまするが、それだけでは弱いかと存じまする」

芦屋多聞が池田筑後守に忠告した。

「浪人を京に不法に匿《かくま》っていたのだ。戸田因幡守に届かぬとも用人くらいは潰せよう。

初手はそのくらいでいい」

「それくらいならば」

池田筑後守の策略を芦屋多聞が了解した。

「伏見屋を逃がすな」

「ただちに押さえまする」

指示を受けた芦屋多聞が捕り方を率いて東町奉行所を出ていった。

「そろそろ一年だ。いささかなりとても攻めておかねば、儂が越中守さまから見捨てられる」

一人になった池田筑後守が呟いた。

「用人をかばうか、見捨てるか。それで次の手が決まる。かばうようならば、そこから崩せよう。見捨てるならば、手慣れた用人を失ったことで空いた穴から突っこめばいい」

池田筑後守が口の端をゆがめた。

「所司代に対する非違監察も任だとはいえ、町奉行がそれだけに専念するわけにはいかぬ。なかなか身動きができず苦労していた。その儂のふがいなさに越中守さまが新たな手として禁裏付を送りこんできたと恐れたが、おかげで助かった。襲われた禁裏付はたまったものではなかろうがな。さて、次の案件は……」

独りごちた池田筑後守が、町奉行としての仕事に戻った。

仲間を捨てて逃げ出した川原田は、草津の宿場に着いた。

「東海道を戻るか、中山道を取るか。追っ手は来ぬと思うが……中山道が無難か」

川原田は江戸から京へ向かった馴染みのある東海道ではなく、通ったことのない中山道を選んだ。

「いくら藩士だとはいえ、たかが八十石で命まで差し出せるか。成功して出世があるならばまだしも、うまくいっても口封じなど、人をなんだと思っている。道具ではないわ」

川原田が怒りを口にした。

「殿が拙者の生きる場所を奪うなら……こちらも殿の居場所をなくしてくれる」

引きつった顔で川原田が続けた。

「松平越中守さまのもとへ、駆けこんで訴人してくれる。松平周防守が禁裏付を襲えと命じたとな」

川原田が中山道を急いで駆けた。

この作品は徳間文庫のために書下されました。

徳間文庫

禁裏付雅帳㊂

崩《ほう》落《らく》

2016年10月15日　初刷

著者　上《うえ》田《だ》秀《ひで》人《と》

発行者　平野健一

東京都港区芝大門二—二—二〒105—8055

発行所　株式会社 徳間書店

電話　編集〇三(五四〇三)四三四九
販売〇四八(四五一)五九六〇

振替　〇〇一四〇—〇—四四三九二

印刷　凸版印刷株式会社

製本　ナショナル製本協同組合

ISBN978-4-19-894153-6　(乱丁、落丁本はお取りかえいたします)

上田秀人「将軍家見聞役 元八郎」シリーズ

第一巻

竜門《りゅうもん》の衛《えい》

八代将軍吉宗の治下、老中松平乗邑は将軍継嗣・家重を廃嫡すべく朝廷に画策。吉宗の懐刀である南町奉行大岡越前守を寺社奉行に転出させた。大岡配下の同心・三田村元八郎は密命を帯びて京に潜伏することに。

第二巻

孤《こ》狼《ろう》剣《けん》

尾張藩主徳川宗春は八代将軍吉宗に隠居慎みを命じられる。ともに藩を追われた柳生主膳は宗春の無念をはらすべく、執拗に世継ぎ家重の命を狙う。幕府の命運を背負う三田村元八郎は神速の太刀で巨大な闇に斬り込む。

第三巻

無《む》影《えい》剣《けん》

江戸城中で熊本城主細川越中守宗孝に寄合旗本板倉修理勝該が刃傷に及んだ。大目付の吟味により、勝該は切腹して果てたが、納得しかねた九代将軍家重は吹上庭番支配頭・三田村元八郎に刃傷事件の真相究明を命じる。

第四巻

波《は》濤《とう》剣《けん》

父にして剣術の達人である順斎が謎の甲冑武者に斬殺された。仇討ちを誓う三田村元八郎は大岡出雲守に、薩摩藩とその付庸国、琉球王国の動向を探るよう命じられる。やがて明らかになる順斎殺害の真相。悲しみの秘剣が閃く！

第五巻

風《ふう》雅《が》剣《けん》

京都所司代が二代続けて頓死した。不審に思った九代将軍家重は大岡出雲守を通じ、三田村元八郎に背後関係を探るよう命じる。伊賀者、修験者、そして黄泉の醜女と名乗る幻術遣いが入り乱れる死闘がはじまった。

第六巻

蜻《かげ》蛉《ろう》剣《けん》

抜け荷で巨財を築く加賀藩前田家と、幕府の大立者・田沼主殿頭意次の対立が激化。憂慮した九代将軍家重の側用人・大岡出雲守は、三田村元八郎に火消しを命じる。やがて判明する田沼の野心と加賀藩の秘事とは。

全六巻
完結

徳間文庫 書下し時代小説 好評発売中

上田秀人「織江緋之介見参」シリーズ

第一巻
悲恋《ひれん》の太刀《たち》

天下の御免色里、江戸は吉原にふらりと現れた若侍。名は織江緋之介。剣の腕は別格。彼には驚きの過去が隠されていた。吉原の命運がその双肩にかかる。

第二巻
不忘《わすれじ》の太刀《たち》

名門譜代大名の堀田正信が幕府に上申書を提出した。内容は痛烈な幕政批判。将軍家綱が知れば厳罰は必定だ。正信の前途を危惧した光圀は織江緋之介に助力を頼む。

第三巻
孤影《こえい》の太刀《たち》

三年前、徳川光圀が懇意にする保科家の夕食会で起きた悲劇。その裏で何があったのか——。織江緋之介は光圀から探索を託される。

第四巻
散華《さんげ》の太刀《たち》
浅草に轟音が響きわたった。堀田家の煙硝蔵が爆発したのだ。織江緋之介のもとに現れた老中阿部忠秋の家中は意外な真相を明かす。

第五巻
果断《かだん》の太刀《たち》
徳川家に凶事をもたらす禁断の妖刀村正が相次いで盗まれた。何者かが村正を集めている。織江緋之介は徳川光圀の密命を帯びて真犯人を探る。

第六巻
震撼《しんかん》の太刀《たち》
妖刀村正をめぐる幕府領袖の熾烈な争奪戦に織江緋之介の許婚・真弓が巻き込まれた。緋之介は愛する者を、幕府を護れるか。

第七巻
終焉《しゅうえん》の太刀《たち》
将軍家綱は家光十三回忌のため日光に向かう。次期将軍をめぐる暗闘が激化する最中、危険な道中になるのは必至。織江緋之介の果てしなき死闘がはじまった。

全七巻完結

徳間文庫 書下し時代小説 好評発売中

上田秀人「お髷番承り候」シリーズ

一 潜謀《せんぼう》の影《かげ》

将軍の身体に刃物を当てるため、絶対的信頼が求められるお髷番。四代家綱はこの役にかつて寵愛した深室賢治郎を抜擢。同時に密命を託し、紀州藩主徳川頼宣の動向を探らせる。

二 奸闘《かんとう》の緒《ちょ》

「このままでは躬は大奥に殺されかねぬ」将軍継嗣をめぐる大奥の不穏な動きを察した家綱は賢治郎に実態把握の直命を下す。そこでは順性院と桂昌院の思惑が蠢いていた。

三 血族《けつぞく》の澱《おり》

将軍継嗣をめぐる弟たちの争いを憂慮した家綱は賢治郎を密使として差し向け、事態の収束を図る。しかし継承問題は血で血を洗う惨劇に発展——。江戸幕府の泰平が揺らぐ。

四 傾国《けいこく》の策《さく》

紀州藩主徳川頼宣が出府を願い出た。幕府に恨みを持つ大立者が沈黙を破ったのだ。家綱に危害が及ばぬよう賢治郎が目を光らせる。しかし頼宣の想像を絶する企みが待っていた。

五 寵臣《ちょうしん》の真《まこと》

賢治郎は家綱から目通りを禁じられる。浪人衆斬殺事件を報せなかったことが逆鱗に触れたのだ。事件には紀州藩主徳川頼宣の関与が。次期将軍をめぐる壮大な陰謀が口を開く。

六

鳴《めい》動《どう》の徴《しるし》

激しく火花を散らす、紀州徳川、甲府徳川、館林徳川の三家。甲府家は事態の混沌に乗じ、館林の黒鍬者の引き抜きを企てる。風雲急を告げる三つ巴の争い。賢治郎に秘命が下る。

七

流《る》動《どう》の渦《うず》

甲府藩主綱重の生母順性院に黒鍬衆が牙を剝いた。なぜ順性院は狙われたのか。家綱は賢治郎に全容解明を命じる。身命を賭して二重三重に張り巡らされた罠に挑むが——。

八

騒《そう》擾《じょう》の発《はつ》

家綱の御台所懐妊の噂が駆けめぐった。次期将軍の座を虎視眈々と狙う館林、甲府、紀州の三家は真偽を探るべく、賢治郎と接触。やがて御台所暗殺の姦計までもが持ち上がる。

九

登《とう》竜《りゅう》の標《しるべ》

御台所懐妊を確信した甲府藩家老新見正信は、大奥に刺客を送って害そうと画策。家綱の身にも危難が。事態を打破しようとする賢治郎だが、目付に用人殺害の疑いをかけられる。

十

君《くん》臣《しん》の想《そう》

賢治郎失墜を謀る異母兄松平主馬が冷酷無比な刺客を差し向けてきた。その魔手は許婚の三弥にも伸びる。絶体絶命の賢治郎。そのとき家綱がついに動いた。壮絶な死闘の行方は。

全十巻完結